JN082554

and the
Mermaids

Special thanks to Julia Rawlinson.

ジュリア・ローリンソンに感謝をこめて

EMMA AND THE MERMAIDS
BOOK THREE : AFTER THE STORM
by Miranda Jones
Copyright © 2024 by Working Partners Ltd.
Japanese translation published by arrangement with
Working Partners Limited through The English Agency
(Japan) Ltd.

エマはみならい
Emma and the Mermaids
マーメイド

胸さわぎのデビュー戦!?

ミランダ・ジョーンズ 作
浜崎絵梨 訳
谷 朋 絵

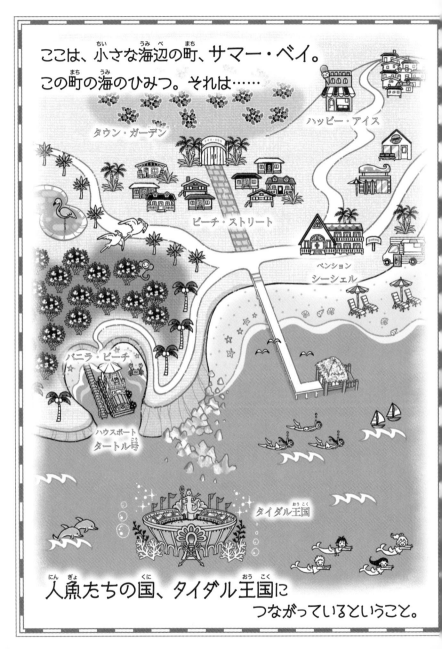

ここは、小さな海辺の町、サマー・ベイ。
この町の海のひみつ。それは……

タウン・ガーデン

ハッピー・アイス

ビーチ・ストリート

ペンション
シーシェル

バニラ・ビーチ

ハウスボート
タートル号

タイダル王国

人魚たちの国、タイダル王国に
つながっているということ。

きらめく王宮に巨大アリーナ……

美しい海の平和を守る

小さな守護者たち。

さあ、冒険へでよう。

勇かんな人魚たちがあなたをみちびくから。

Characters
登場人物紹介

サマー・ベイの住人

ルイス

ママ

パパ

Home

リンおばさん
海の生き物にくわしい。

エマの家族
ペンションをいとなんでいる。

タイダル王国の住人

Palace

ルーク

ケン

マリー姫
エマに目を
つけている。

リリー
人魚の女の子。
シー・ガーディアンを
めざしている。

コロン
エマのアニマル・パートナー。

シー・ガーディアン・スクールの仲間。

School

Sea Guardian

ボイド隊長
シー・ガーディアンのリーダー。

アイリス先生
スクールの
すご腕コーチ。

ショーン王子
タイダル王国にきた理由は……

アイス王国の住人

サマー・ベイへようこそ!

今夜は嵐になるみたい……。あったかい飲み物をいれたけど、見て! このマグ、コロンにそっくりでしょ♪ コロンは、人魚に変身したわたしにできた、パートナー。
いっしょに、海を守る人魚〈シー・ガーディアン〉をめざして、訓練中なんだ! 雨にも風にも負けないきずなでがんばります!
って、あれれ?
いつものおえかきにも、嵐!?
コロンも、海のみんなも、だいじょうぶかな……。

エマ・ホリデー

この本の主人公。海の生き物が大すき。両親がいとなむペンション、〈シーシェル〉を手伝っている。

人魚に変身できる〈スパークル・ブレスレット〉

エマがかいた海の世界をのぞいてみよう!➡

あっ、あぶない！
コロン、
わたしの手にしっかりつかまって！

……もうだいじょうぶ。
大すきなあなたを、
ぜったいに
はなしたりしないから。

　暗闇につつまれた真夜中。海辺の町、サマー・ベイは、めずらしくはげしい嵐にみまわれています。

　ピカッ！　ゴロロローンッ！

　とつぜん大きな雷がおち、屋根裏部屋でねていたエマはとびおきました。

「ひゃあー！」

　エマは頭から毛布をかぶります。

　こんな嵐になるなんて、きいてないよ……！

　雨が窓ガラスを流れおち、強い風が窓わくをガタガタとゆらします。

　ルイス、こわい思いしてないかな……。

ルイスはエマの弟です。エマはおそるおそる
ベッドからでて、となりのルイスの部屋へむかい
ましたが──。

　えっ!?　うそお……!?

　おどろいたことに、ルイスはお腹をだしてぐっ
すりねていました。

なあんだ、よかった！

　エマは、ルイスがかぜをひかないよう、ふとん
をかけなおし、ベッドのそばにおちていたぬいぐ
るみをまくらもとにもどしてあげました。

　ルイス、どんな夢見てるんだろう？

　エマはくすりとわらいます。

　そして自分の部屋にもどり、もう一度ふとんの
中に入りました。けれど、雷がこわくてねむれ
ません。

　このままだと、あしたの花火は延期かな……。

　あすは、家族みんなで港の花火大会にいく予定
です。エマはベッドからでて、不安げに窓の外に
目をやりました。

　夜空には、重くたれこめた雲がうずをまき、家

のまえの海ははげしく波うっています。

　リリーやコロンは、だいじょうぶかな……。

　リリーは、エマがさいきん仲よくなった人魚の

女の子。魔法の〈スパークル・ブレスレット〉を

つかって、エマが人魚に変身できることを知って

います。

　そしてコロンはアザラシの赤ちゃんで、エマの

〈アニマル・パートナー〉。エマの家からすこしは

なれたバニラ・ビーチでくらしています。

　コロンはこわがりだし、できることなら、いま

すぐようすを見にいきたいよ……！

　けれど、さすがにこの嵐の中、外にでるわけに

はいきません。

　どうかコロンがぶじでありますように……！

エマは胸もとでぎゅっと手を組み、やがてねむりにおちていきました。

　よく朝。風はやみ、雨はすこしよわまりました。
　エマはいそいで水着の上に服をかさね、一階にかけおります。
　ダイニングルームでは、ママとパパが朝食をお客さんにふるまっていました。エマの両親はこの家で、ペンション〈シーシェル〉をいとなんでいます。
　エマはそわそわしながら朝食の手伝いをこなすと、ママとパパにたずねました。
「あの……これから、バニラ・ビーチにいってもいい？　リンおばさんのようすが気になって」

しんせきのリンおばさんは、バニラ・ビーチに
すむ海洋学者。海の生き物が大すきで、コロンの
ことも気にかけてくれています。
「いいわよ。でも、足もとには気をつけてね。道
も砂浜もぐちゃぐちゃになってるだろうから」
「わかった、いってきます！」
　エマはリュックをせおい、レインコートを着て、
外へかけだしました。

　バニラ・ビーチにたどりつくと、エマはあたり
に目を走らせました。砂浜、桟橋、リンおばさん
がくらすハウスボートの〈タートル号〉。けれども、
コロンのすがたはどこにも見あたりません。
　コロン、どこにいるの⁉

エマがおろおろしている

と——。

「エマ！」

　タートル号のかげに、リ
ンおばさんのすがたが見え
ました。板と金づちを手に
しています。きのうの嵐でこわれたタートル号を
修理していたようです。

「あっ、リンおばさん、おはよう！　きのうの嵐、
すごかったね」

　エマはリンおばさんの元気なすがたを見て、胸
をなでおろします。けれど、心配ごとはまだきえ
ていません。

「リンおばさん、いつもこのあたりでねてるアザ

ラシの子、見なかった？」

「あの子なら、嵐がひどくなるまえに、海に入る
のを見たよ。ぶじだといいんだけど……」

　海にいるなら、リリーたちといっしょなのかも！

　コロンがひとりではないことを思うと、エマは
すこしだけほっとしました。けれど、自分の目で
コロンのぶじをたしかめるまで、心の底からは安
心できません。それに、人魚の仲間のことも気が
かりです。と、そのとき。

　ゴロゴロゴロ……。

　遠くで鳴った雷の音に、リンおばさんはぴくっ
と眉をあげました。

「また天気があれるかもしれないね。修理はあと
にして、先に買いだしにいくことにするよ。エマ

もいっしょにくる？」

「えっと……きょうはいいや。わたしはビーチで
ゆっくりしてる」

　エマはやんわりとことわりました。人魚やアザ
ラシの友だちが心配で海に入る、とはいえません。

「わかった。たぶん今夜の花火はあしたに延期だ
ろうから……、またあしたね！」

　リンおばさんがでかけるのを見とどけると、エ
マはだれもいないことをたしかめ、リュックから
魔法のスパークル・ブレスレットをとりだしまし
た。手首につけると、しっとりした真珠が肌の上
できらりと光ります。

　さらにエマがとりだしたのは、〈チャンピオン・
ネックレス〉。とくべつなスクールにかよう人魚

が身につける、大切なアイテムです。

　エマはいそいで水着すがたになると、桟橋から
おりて、海に入りました。

　パシャラララ——ン！

　ブレスレットから虹色の光と泡があふれだし、
エマの体をつつみます。

　海底にひきよせられながら、エマはそっと目を
とじました。

　コロンも人魚のみんなも、きっとだいじょうぶ。
そう信じて、会いにいこう！

　エマが目をあけると、砂煙のうずまく海が広がっていました。

　こんなににごった海は、はじめて……！

　いつもの青くすきとおった海とは、大ちがいです。エマの胸にいやな予感が広がります。

　エマが体を見おろすと、水着は海藻のレースがすてきなキャミソール、足はコバルトブルーの尾びれになっていました。魔法はいつもどおり、かかったようです。

　はやく、みんなのぶじをたしかめなきゃ！

　胸さわぎをおさえられないまま、エマは尾びれをふって、タイダル王国へ泳ぎだします。

潮の流れはいつもよりはやく、ときおり強い波がおしよせてきます。それでもエマは流れにあらがい、力いっぱい泳ぎつづけます。

　海草群の上をとおって、砂丘をこえた先に、赤いサンゴのアーチが見えてきました。あのむこうが、タイダル王国です。

　力をふりしぼって、泳ぎついたところで──。

　な、なにこれ……!?

　エマはショックのあまり、かたまりました。

　街はどこもかしこも、めちゃくちゃです。建物には泥やコンブがまとわりついていて、花壇の花はなぎたおされ、道にはごみやがれきがたくさんちらばっています。

　海の中も、すごくあれたんだ……。

「はやく、みんなをさがさなきゃ！」

　エマはすぐにリリーの家へむかいました。そこ
ならコロンもいきかたを知っているはずです。

　道なりにすすんでいくと、リリーの家が見えて
きました。

　わっ、ここもたいへんなことに……。

　いつもはリリーの両親のつくったアクセサリー

でいろどられている庭が、きょうは泥やごみであ

ふれかえっています。

「コロン！　リリー！」

　エマは力のかぎり、ふたりの名前をさけびまし

た。すると──。

「チュキュ……！」

　サンゴのうしろから、白いアザラシの赤ちゃん

が顔をのぞかせました。

「コロン！」

「チュッキュー！」

　コロンはエマの胸にとびこ

みます。

「ぶじでよかったっ！」

　ぎゅうっとだきしめると、

コロンのやわらかいぬくもりが伝わり、エマのはりつめていた心がほぐれていきます。

「コロン、すごく心配したんだよ！」

「チュキュッ、チュキュ……！」

　コロンはエマにほおずりし、うるんだひとみをむけました。エマはもう一度、コロンをだきしめます。と、そのとき。

「エマ！」

　家の裏から、ツインテールの人魚の女の子があらわれました。ローズピンクの尾びれがキラキラとかがやいています。

「リリー！　会えてよかった！　ずっと心配してたの！　だいじょうぶだった？」

「もっちろん！　エマもぶじで安心したー！」

リリーは、うれしそうにエマにだきつきます。しかしあたりを見わたすと、大きなため息をつきました。

「まさかあんな嵐がタイダル王国にくるなんて……すっごくこわかった」

　うつむくリリーの肩に、エマは手をおくと、

「嵐の中、コロンを守ってくれて、ありがとう」

と、ほほえみました。リリーも笑みをかえします。

「あたりまえだよー！　コロンはあたしにとっても大切だもんっ！」

　明るいリリーにもどったところへ、家の中からリリーのお母さんのケイトさんと、お父さんのジョンさんがでてきました。ふたりはジュエリーショップをいとなんでいます。

「エマちゃん、ぶじでよかったわ！」

「ぼくたち、すごく心配したんだ」

　ふたりが口々にいうと、リリーのアニマル・パートナー、赤ちゃんザメのスマイリーも笑顔で家からでてきました。

「パル、パルーッ！」

　いきおいよく、エマの胸にとびこみます。

みんなのぶじをよろこびあったあと、ケイトさんはエマにたずねました。

「きのうの夜、コロンがひとりでうちにきたから、エマちゃんになにかあったのかと不安で……。ふたりは、はぐれちゃったの？」

「えっと、その……はい、そうなんです」

　エマはおもわず目をそらします。タイダル王国では自分の正体をかくしているので、ゆうべは人間の町にいたとはいえません。

　ジョンさんは、あれはてた庭を見わたし、ため息まじりにいいました。

「ちょうどいまから、庭をきれいにしようと思ってたんだ。ぼくたちがつくったアクセサリーも、泥まみれでね……」

よく見ると、泥やコンブにまみれて、アクセサリーがいろいろなところにちらばっています。

「ぜんぶ、ひろわなきゃね……」

　肩をおとすケイトさんに、エマはいいました。

「それなら、わたしも手伝います。コロンもおせわになったので」

「チュッキュ！」

　コロンもまえびれをあげ、やる気いっぱいです。

「ふたりとも、ありがとう。とてもたすかるわ」

　ケイトさんはうれしそうにほほえみました。

　さっそくエマたちは手わけして、家のまわりのアクセサリーをひろいはじめます。

　あっ！　こんなところにもおちてる……！

　泥の中や、コンブの下からアクセサリーを見つ

けるたびに、宝さがしをしているような気分になります。コロンやスマイリーも大こうふんです。

　リリーはきのうの嵐のことをふりかえります。

「〈オーロラ城〉がひなん所になったってきいて、あたしたちも家をはなれようとしてたの。そのときコロンがきて、いっしょににげたんだよ。ほんと、ぎりぎりセーフって感じ！」

「そうだったんだ！　コロンがリリーたちに合流できて、ほんとによかった……！」

「チュキュチュッ！」

　コロンも強くうなずいています。

　ふと、シー・ガーディアン・スクールのことがエマの頭をよぎりました。そこでエマはリリーといっしょに、海の平和を守る〈シー・ガーディアン〉をめざし、トレーニングをうけているのです。

「ねえリリー、きょうのトレーニ……」

「エマっ！」

　リリーがあわててエマの話をさえぎりました。

　いけない！　うっかりしてた！

　両親に店をついでほしいといわれているリリーは、シー・ガーディアンをめざしていることも、

スクールにかよっていることも、ふたりにはかくしているのです。

「ごめん、リリー」

　エマが小さな声であやまると、リリーは首をふってエマの耳もとでいいました。

「きょうはトレーニングはおやすみ！　嵐であれちゃった街をきれいにするんだって。さっきルークがきて、おしえてくれたの」

　ルークはおなじスクールにかよう人魚の男の子。きさくで明るい、ムードメーカーです。

　リリーはひとさし指をたてました。

「つ・ま・り！　これは、あたしたちにとって、はじめてのミッションってこと！　ドキドキの現場デビューだよーっ！」

「うわあ！　きんちょうする！」

　エマは胸に手をあてます。

「集合場所は、〈ゴールド広場〉だって。庭もか
たづいてきたし、ママとパパにでかけていいか、
きいてくるね」

「うん、わかった！」

　エマはピシッとしせいを正しました。

　はじめてのミッション……がんばらなきゃ！

　ジョンさんとケイトさんにゆるしをもらい、エ
マはリリーたちといっしょにゴールド広場にやっ
てきました。

「こ、ここがほんとにゴールド広場!?」

　広場をかこむ金色の石柱には泥や海藻がついて

いて、金色の砂がしかれた地面には、ごみやがれ

きがあふれかえっています。

　エマがぼうぜんとしていると――。

「エマ！」

　ルークは先にきていたようです。ダークブルー

の尾びれをゆらし、頭にはアニマル・パートナー

のエイ、フレンドリーをのせています。

「ぶじだったんだな！　きのうの嵐やばかったな」

「うん、ほんとにね……！　ルークたちもけがが

なくてよかった」

　そこへ、ほかの訓練生たちとアイリス先生も、

アニマル・パートナーをつれてやってきました。

　アイリス先生はプラチナシルバーの髪をうしろ

に流すと、ピッと集合の笛をふきました。

「きのうはたいへんだったな。でも、こうしてきみたちの顔が見られて、わたしも安心した」
　アイリス先生はいっしゅん表情をゆるめましたが、すぐにきりっとした顔でつづけました。
「ただ嵐の被害は大きい。きょうはきみたちの力で、この街をもとどおりにしてほしい。これは、きみたちの実力がためされる、初ミッションだ！」
「「「はい！」」」
　訓練生たちのひとみにやる気がみなぎります。
「まずは、ゴールド広場のごみひろいからだ。みんなで協力して、ごみを一か所にあつめてほしい」
　アイリス先生はひとりひとりに海藻のふくろを手わたすと、パンッと両手をたたきました。
「では、はじめ！」

さっそくエマたちは、手わけして作業にとりかかります。エマ、リリー、ルークはごみをひろいあつめ、ほかの生徒たちはごみをゴールド広場のかたすみにもっていきます。よく見ると、ごみにまぎれて、めずらしい貝がらもおちていました。

　わあ、きれい……！

　心ひかれますが、エマは気もちをひきしめます。

　だめだめ、ごみひろいに集中！

　一方、ルークは泥まみれの海藻をかたづけようとして、海藻が体にからまってしまったようです。

「やべっ、いきなりハプニングだよ……！」

　エマがルークをたすけにいこうとしたそのとき、石柱のうしろにあらわれた馬のような影に目がとまりました。

くるんとまるまったしっぽ。ゆるやかにカーブした首。あらわれたのは、馬とおなじくらいはあるタツノオトシゴたちです。

　お、大きい～！　あんなタツノオトシゴ、図鑑でも見たことないよ！

　エマが目をまるくしていると、ごみを運んでいたリリーも、はっと息をのみました。

「あの子たちは、オーロラ城でかわれているタツノオトシゴ・ジャンボ！　ひょっとしたら嵐でさくがこわれて、にげだしたのかも……」

　タツノオトシゴたちはぶるぶるふるえ、おびえているようです。

「このままじゃかわいそう……。どうにかして、お城につれもどしてあげなきゃ」

エマがおろおろしながら、リリーといっしょに
タツノオトシゴたちを見ていると——。

　ドンッ！

　海藻をふりほどこうと、じたばたしていたルー
クが、リリーに思いきりぶつかりました。

「うわあっ！　ごめんっ！」

「ひゃあっ！」

　その衝撃で、リリーはごみの入ったふくろを手
ばなしてしまいました。

「たっ、たいへん！」

　とたんにふくろから大量のごみがとびだし、タ
ツノオトシゴたちのほうへ流されていきます。

「「「ピピ————ンッ！」」」

　タツノオトシゴたちはいななき、大パニック。

　ちりぢりになってにげだします。

「わあ！　まってー！」

　エマはあわてておいかけましたが、タツノオト
シゴたちはますますおびえ、スピードをあげてし
まいました。アイリス先生はかんかんです。

「きみたちは、なにやってるんだ！」

　アイリス先生がタツノオトシゴをつれもどそう
とした、そのとき──。

「ここは、われわれにおまかせを！」

　声におどろきふりかえると、ブルーの制服を着た人魚たちがさっそうとゴールド広場に入ってきました。あっとうてきなオーラと胸もとに入ったサメの紋章から、エマはピンときます。

　ほんもののシー・ガーディアンだ！

　先陣をきる男のひとは、たくましい肩に大きないさましいカニをのせています。

「あのひとは、ボイド隊長だよーっ！」

　リリーがはしゃぎました。あこがれのまなざしをむけ、熱く語りだします。

「ボイド隊長はだれよりも短い期間でシー・ガーディアンになった伝説のひとなの！　やりなげ大会では五年連続チャンピオンにかがやいたんだよ」

ボイド隊長は、ほかの隊員たちとすばやくタツノオトシゴをかこみました。

　そしてアニマル・パートナーたちが気をひいているあいだに、隊員たちはすこしずつタツノオトシゴたちに近づいていきます。

　すごい！　かんぺきなチームワーク！

　タツノオトシゴたちは、だんだんとおちつきをとりもどしていきます。ところが――。

「ピピーンッ！」

　一頭のタツノオトシゴが、にげだそうとしました。

　ボイド隊長はすかさず、縄をはなちます。

　シュルルーーンッ！

あっというまにタツノオトシゴをとらえると、縄をやさしくひきながら、つれもどしました。

　かっこいい……！

　エマはおもわずボイド隊長に見とれます。リリーがあこがれるのも、なっとくです。コロンもボイド隊長をほれぼれとながめています。

　ほどなくして、すべてのタツノオトシゴたちがおちつくと、エマはこうふん気味にいいました。

「シー・ガーディアンってすごいね！　わたしたちだけだったら、タツノオトシゴはみんなまいごになって、もどれなくなってたかも……」

　リリーもはずかしそうに、ほおをかきます。

「ほ〜んと、一人前への道ははてしない……」

「すこしずつシー・ガーディアンに近づけばいい

んだよ。まずはきょうのミッション、がんばろう！」

　エマは目をかがやかせ、ルークもぐっと背筋を
のばします。

「よっしゃー！　おれもやる気でた！」

　そして、シー・ガーディアンたちがタツノオト
シゴに手綱をかけ、オーロラ城へつれてかえろう
としたときのことでした。

「たいへんです、たいへんです！」

　とつぜん、ゴールド広場に血相をかえた人魚の
女のひとがとびこんできました。

「〈ロッキー・タウン〉で岩くずれがおこり、村
人たちがこまってるんです。わたしたちをたすけ
てください！」

「い、岩くずれだと⁉」

　ボイド隊長の表情が、いっしゅんでけわしくなりました。訓練生のあいだでも、ざわめきが大きくなっていきます。

　エマはリリーと不安そうに顔を見あわせました。

　パパランパーン！

　そのとき、ファンファーレが高らかに鳴りひびき、ふたりの人魚があらわれました。エメラルドグリーンの尾びれの人魚がシオン王、サファイアブルーの尾びれの人魚がクララ王妃です。

　シオン王は、おだやかなまなざしであたりを見まわし、口をひらきました。

「みなさん、ご苦労さまです。王国のために力を
かしてくれ、感謝します」

　すると、ボイド隊長が一礼して、まえにすすみ
でました。

「いえ、とんでもございません。それより両陛下。
たったいまロッキー・タウンで岩くずれがおきた
との知らせがありました！」

「なんだって……！」

　シオン王はすぐに人魚の女のひとのもとへいき、
つかれきった肩にそっと手をおきました。

「おつらいとは思いますが、どうぞ気をたしかに。
いますぐ、たすけにむかわせます」

　女のひとはなきながら、なんどもうなずきました。

　それからシオン王は表情をひきしめ指示します。

「ボイド、きみは隊員とロッキー・タウンへむかってくれ。そしてアイリス、きみにはひきつづき訓練生とともに、この街のことをたのみたい」

「「はい！」」

　ボイド隊長は数人の仲間にタツノオトシゴをまかせると、さっそくのこりの隊員をつれてロッキー・タウンへいそぎました。

　シー・ガーディアンは王国のみんなからたよりにされていて、すごいな……！

　エマは、ほれぼれと
見つめます。

すると、アイリス先生が笛を鳴らし、訓練生たちをよびあつめました。

「ひきつづき、きみたちには責任をもってこの街をきれいにしてもらいたい」

「「「はい！」」」

　そしてエマたちは気もちをあらたに、しんけんにごみひろいにとりくみます。

　エマがてきぱきと作業をすすめていると、ルークが話しかけてきました。

「そういえば、エマはきのうオーロラ城へひなんしてこなかったけど、どこにいたんだ？」

「えっ⁉　わ、わたしは家にいたよ。うち、けっこうがんじょうだし……」

　いっしゅん、エマはあたふたしてしまいました

が、ルークはすんなり信じ
てくれたようです。

「そうか。なら、よかった！」

　ルークはごまかせました
が、すこしはなれたところ
からケンがけげんそうにエ
マを見ていました。ケンもスクールの仲間ですが、
まえからなにかとエマに意地悪をしてきます。

　きのうのこと、あやしまれてないといいけど。

　ケンのしつこい視線をさけていると、タイミン
グよくアイリス先生がまた笛を鳴らしました。

　エマたちは先生のまわりにあつまります。

「きみたちのおかげで、ゴールド広場はずいぶん
きれいになった。つぎはべつの作業をしてもらう」

そしてアイリス先生は、みんなをつれてゴールド広場のすみへいきました。そこには流木のほうき、海藻のあみ、石のスコップなどがずらりとならべてあります。

「これから、わたしがきみたちに作業をわりあてる。エマ、リリー、エンジェルはあれた花壇をもとどおりにしてくれ。そして……」

　アイリス先生は、ほかの生徒たちにもつぎつぎと仕事をいいわたします。

「では、はじめ！」

　アイリス先生の号令に、みんなはさっと動きだしました。

　おなじチームのエンジェルって子、まだ話したことないな。どんな子なんだろう？

エマはドキドキしながら、花壇のまえへむかいました。

　ところが、花壇を見てびっくり。花はなぎたおされ、じゃりや石におしつぶされています。

「うわあ……これは、たいへん！」

　エマがかたまっていると、リリーがとなりの人魚の女の子を紹介してくれました。

「エマ、この子は、エンジェルだよ」

　エンジェルはひとなつっこい笑みをエマにむけました。ウエーブが入った栗色の髪が、肩の上でふんわりとゆれています。

「こんにちは。まえからエマちゃんとお話ししてみたかったの。よろしくね」

　エマははにかみながら、かえします。

「よろしく、エンジェル！」

　感じがいい子でよかった！　仲よくなれそう！

　それからエンジェルは、そばにいる小さな青い

エンゼルフィッシュをなでながら、いいました。

「この子は、わたしのパートナー、キララ」

「トゥッ、トゥー！」

　キララは金色の胸びれをパタパタさせ、エマに

ぺこりとおじぎをしました。

「かわいい！　よろしくね、キララ」

　エマはキララがさしだした胸びれを手にとり、かるくふります。

　そして、スマイリーとかくれんぼしているコロンに目をむけ、エンジェルにいいました。

「あのアザラシの子が、わたしのパートナーのコロンだよ」

　すると、キララはパッと顔をかがやかせ、コロンとスマイリーのもとにとんでいきました。

　アニマル・パートナーたちが石柱のそばであそんでいるあいだ、エマは花壇にちらばったじゃりや石をとりのぞきました。

　それから、たおれた花をひとつひとつ植えなおします。

やってみると、けっこうたのしいな！

　エマが植えなおした花を満足そうにながめてい

ると――。

「デュッギュ――！」

　とつぜんコロンが血相をかえ、エマのもとへも

どってきました。腕の中でぶるぶるとふるえ、な

にかに、ひどくおびえているようです。

「ど、どうしたの、コロン!?」

　エマはコロンをやさしくさすります。

「チュキュ……チュキュキュキュ……！」

　すると、キララももどってきて、エンジェルの

髪の中にもぐりこみました。さらにスマイリーま

で不安そうにエマたちのまわりをぐるぐるまわり

はじめたのです。

みんなのようすが、あきらかにおかしい……！

　エマがとまどっていると、リリーも心配そうに
つぶやきました。

「みんな、どうしたんだろう？」

　エンジェルもおびえるキララをなだめながら、
首をかしげます。

「なんだか、へんね……」

　エマはあたりをぐるりと見まわします。がれき
をひろうルーク。ザリガニの傷口に包帯をまくケ
ン。ほかの訓練生たちも、それぞれの仕事にとり
くんでいます。

　とくにかわったようすはないけど……。

　ほどなくして、コロンがおちつきをとりもどし、
スマイリーも泳ぎまわるのをやめ、キララはエン

ジェルの髪の中からでてきました。

「みんな、いつもの感じにもどったみたい……」

　エンジェルは小さく息をつき、エマとリリーにむかって、いいました。

「ごめんなさい、わたし、キララとちょっとだけぬけてもいいかな？　ようすが気になって……」

「もちろん！　心配だもんね」

　エマがそうかえすと、エンジェルとキララは花壇をはなれました。

　エマはリリーにむきなおります。

「わたしたちも一息いれようか？」

「そうだね。花壇もだいぶきれいになったし、アニマル・パートナーとの時間も大切だもんね！」

　ふたりが休みをとろうとすると——。

「あ～ら、エマ！　こんなところにいらしたの！」

　とつぜんきこえてきた声に、エマはぎょっとしました。

　ごくりとつばをのみこみ、ふりむくと、そこにいたのはタイダル王国のマリー姫です。赤い髪をうしろにはらい、エマをきっとにらみつけます。

　きゃ～、またいやなこと、いわれそう～！

　マリー姫は、まえにエマがあやまって海流にひきずりこんだことを根にもっていて、会うたびに意地の悪いことをいうのです。

「ゆうべはどこにいらしたの？　コロンはオーロラ城にきたのに、あなたはこなかった。嵐のときにべつべつって、おかしくありませんこと？」

　マリー姫はエマに近づき、顔をのぞきこみます。

「まえから、あなたのこと
は、どうもあやしいと思っ
ておりましたの。ねえ、な
にかかくしごとがあるんで
しょう？」

　うっ、そういわれると……！

　エマは視線をそらします。

　そんなエマに、マリー姫はいどむようにびしっ
と指をつきつけました。

「このあたしが、あなたのひみつをかならずあば
いてみせますわ。かくごしておきなさい！」

　マリー姫は、エマを見下したようにわらうと、
ヒスイ色の尾びれをひるがえし、泳ぎさりました。

　マ、マリー姫、こわすぎるよ……！

エマは気が重くなり、うつむきます。

「エマ、気にしない、気にしない！」

「リリー、ありがとね」

　リリーのやさしさが胸にしみ、エマは顔をあげ
ました。と、つぎのしゅんかん――。

　えっ……⁉　なに、あれ……？

　ほんのいっしゅん、石柱のうしろに、大きなあ
やしい影がよこぎりました。エマはつばをのみこ
み、キャミソールのすそをつかみます。

　いったい、なんだろう……？　ま、まさか海に
ひそむモンスター⁉

　エマがひきつった顔で石柱のほうに目をむけて
いると、ふたたびあやしい影がぬっとあらわれま
した。その影はゆっくりと石柱のうしろをよこ
ぎっていきます。

「な、なんかむこうにいる……！」

　エマが青ざめていると、リリーも影に気づきま
した。

「えっ!?　やだやだ、なに……!?」

　エマは、あやしい影に目をこらします。黒い背
中に、白いお腹。口には、のこぎりのような歯が
びっしりとならんでいます。

　あっ、ひょっとして……！

「シャチ！　あれ、シャチだよ！」

　リンおばさんの図鑑で見たことを思いだし、エマは声をあげました。サメ以上にきょうぼうで、『海のギャング』とよばれることもあるようです。

　あれがほんもののシャチなんだ！　コロンたちはさっきシャチを見かけておびえたんだね……。

　エマはドキドキしながらシャチを目でおいます。リリー、スマイリー、コロンはいますぐにげだしたそうです。

きょろきょろとあたりを見まわるシャチを見て、エマは首をかしげました。

「あのシャチ、どうかしたのかな？」

　リリーは身をすくめたまま、小さな声でかえします。

「さ、さあ？　なにかさがしてる、とか……？」

　たしかに、シャチの目は大切なものをなくしたかのように、不安げにゆらめいています。

「こまっているなら、たすけてあげようよ」

　エマがシャチに近づこうとすると、リリーは、「ストップ！」と手をつかみました。

「むやみに近づかないほうがいいよっ！　ひとまず、アイリス先生に報告しにいこう、ね!?」

「そ、そうだよね」

そしてエマたちはシャチに気づかれないよう、そっとその場をはなれ、アイリス先生のもとへもどりました。

「先生、むこうにシャチがいましたっ！」

　リリーにつづき、エマも口をひらきます。

「あの石柱のうしろです」

「な、なんだって……！」

　いっしゅんで、アイリス先生の顔がけわしくなりました。ふたりの話を耳にした訓練生たちも、不安そうにあつまってきます。

「先生、シャチって人魚を食べるんですか？」

「そ、そんなきょうぼうな生き物、タイダル王国にはいませんよね？」

　訓練生たちがざわつきだすと、アイリス先生は

「しずかに！」と注意し、おちついた声で話しだしました。

「シャチが人魚を食べることは、まずない。かれらは本来、タイダル王国にはすんでいないので、エマたちが見たシャチは、きのうの嵐でまよいこんだものだろう」

それをきき、みんなはふう～っと大きく息をつきます。

「な～んだ！　なら、ぜんぜんこわくないよ！」

リリーがほおをゆるめると、アイリス先生がぴしゃりといいました。

「いや、ゆだんは禁物だ。人魚になれていないので、攻撃してくるかもしれない。それに──」

アイリス先生はごくりとつばをのみこみます。

「わが王国には、シャチは災いをもたらすという
言い伝えがある」

　ふたたび、ざわめきが広がります。

　災いって……いったい、なにがおきるの!?

　エマの背筋がさあーっとつめたくなりました。

　そんな中、エンジェルがすっと手をあげ、アイ
リス先生にたずねました。

「先生、シャチを王国からおいはらうのは、シー・
ガーディアンですか？　そのようす、見学したい
です」

「すっげえ、エンジェル、勇気あるう！」

　ルークのことばに、ほかの訓練生たちもこくこ
くとうなずきます。

「エンジェル、きみのいうとおりだ。だがいま、

シー・ガーディアンはロッキー・タウンにいるの
で、たよることはできない」

　アイリス先生の返事に、生徒たちは不安そうに
顔を見あわせます。

「じゃあ、シー・ガーディアンがかえるまで、こ
のままでしょうか？　シャチが人間ほど危険だと
は思いません……、すこし心配です」

　エンジェルのことばに、エマの胸がちくりとい
たみます。

　人間のこと、よく思ってないのかな……。

　すると、アイリス先生はしんけんな顔つきでか
えしました。

「たしかに、シャチを野放しにはできない。ここ
は、わたしひとりでどうにかするとしよう」

たのもしく胸をはったアイリス先生に、生徒たちから尊敬のまなざしがむけられます。

「エマ、リリー、シャチを見かけたところにつれていってくれ」

　エマがスクールのみんなと石柱の近くへもどると、シャチはまだ先ほどとあまりかわらないところにいました。

　なんど見ても、すごい迫力……！

　シャチはまだなにかをさがしていて、エマたちには気づいていないようです。

「きみたちは、あぶないから、はなれていなさい。万が一わたしになにかあっても、シャチにはぜったい近づかないように」

アイリス先生はそういうと、やりをにぎりしめ、アニマル・パートナーのイッカク、ジャバーと泳ぎだしました。シャチのうしろから近づくアイリス先生をエマたちは遠くから見守ります。

「アイリス先生、たくましいね……」

　エマがぼそっとつぶやくと、リリーは大きくうなずきました。

「うん、あたしなら、体がふるえちゃう……」

　みんなでハラハラしながらアイリス先生を見つめていると――。

　バシュンッ！

　とつぜんシャチが尾びれをひるがえし、海水が大きくうねりました。シャチのそばにいたアイリス先生の体がぐらりとかたむきます。

ア、アイリス先生！

　おもわず声をあげそうになりましたが、シャチに気づかれないよう、エマはぐっとこらえます。

　がんばれ、アイリス先生！

　エマが心の中でいのると、アイリス先生が体勢をととのえました。そしてまたシャチに近づきます。ゆっくりとシャチの目のまえにいくと──。

「リュ……、リュウッ、リュウ……？」

　ようやくシャチがアイリス先生に気づきました。

　アイリス先生はシャチと正面からむきあい、まっすぐ見つめます。そのあたたかいまなざしが、シャチのとざされた心をすこしずつひらいていくようです。

　すごい……！　心と心で話してるみたい！

　どれくらいたったでしょう。ふと、とまっていた時間が動きだしたみたいに、アイリス先生が泳ぎだしました。すると、シャチも尾びれをふって、アイリス先生のあとについてきたのです。

　やったあ！

　エマはみんなと笑みをかわします。

　ゴールド広場をよこぎるアイリス先生とシャチを見て、ルークがみんなによびかけました。

「よし、おれたちも、いっしょにいこうぜ！」

「えっ!?　でも……シャチに近づくなっていわれたよ？」

　エマがためらうと、ルークはいたずらっぽい笑みをうかべて、いいました。

「近づくなとはいわれたけど、ついてくるなとは、いわれてない！　さいごまでちゃんとアイリス先生を見守ろう！」

　ルークのことばにみんなはうなずき、いっせいに泳ぎだしました。

　エマたちが泳いでいくと、行く手に大きな山が見えてきました。

「あれは、トン・ネール山！」

リリーは目をこらして、つぶやきました。

　山のふもとには、ちょうどシャチ一頭がとおれるくらいの穴があいています。

「アイリス先生は、あの洞くつにむかってるみたいだけど……」

　穴に近づいていくアイリス先生を見て、エマは息をのみました。もしアイリス先生が洞くつに入り、シャチがそのあとにつづいたら、アイリス先生は外にでられなくなります。

　このままじゃ、アイリス先生があぶない……！

　エマがたまらずとびだそうとしたとき──。

　シュルンッ！

　アイリス先生が穴の手まえですばやく身をかわし、シャチだけを穴の中へいざないました。

　わあ、すごい！　アイリス先生、アクション・
スターみたい！

　エマもリリーも、アイリス先生の身のこなしに
目がくぎづけです。

　シャチは洞くつのおくへおくへとすすみ、暗闇
にとけるようにきえていきます。

　あの洞くつ、どこまでつづいてるんだろう？

ミオととなりの
マーメイド
Mio and the Mermaids

ある日少女・ミオが助けたのは、本物の人魚のプリンセス！ お礼にもらったくしで人魚に変身すると、ドキドキの出会いとちょっぴりキケンな大冒険がまっていて……？

全12巻 大人気発売中だよ♪

冒・険・友・情・恋がいっぱい！
ミオのひみつの人魚デイズ♥

①人魚になれるのはヒミツ。

⑫つながる心でラストマジック！

魔法で人魚に変身
７つのマーメイドストーリー

作／ミランダ・ジョーンズ
訳／浜崎絵梨
絵／谷朋

リリーの魔法はとつぜんに。

②ふたりのきずなは海をこえて。

あいぼうは海の生き物たち！
夢みるエマの成長ダイアリー☆

海の生き物は大すきだけど、泳ぎは苦手でひっこみじあんな少女・エマ。人魚のリリーに出会い、いっしょに海の世界を守る「シー・ガーディアン」を目指すことになって……？

エマはみならい
マーメイド
Emma and the Mermaids

ひみつの妖精ランド

新シリーズスタート！

妖精の女王さまに招待されて、妖精たちのふるさと、フェアリーランドに初めて行けることになったんだけど、フェアリーランドでは困ったことが起きていて…。友情の力で、解決することができるの!?

わたし、妖精の国フェアリーランドにきちゃった！

がんばる勇気をもらえる物語

作／ケリー・マケイン　訳／田中亜希子　絵／まめゆか

妖精たちの〈任務〉をてつだう、少女ピュアの物語！

⑫ひみつの妖精ハウス
永遠の友だち

全12巻 好評発売中！

作／ケリー・マケイン　訳／田中亜希子　絵／まめゆか

動物探偵ミア

作/ダイアナ・キンプトン
訳/武富博子
絵/花珠

銀のネックレスをつけると動物と話せる！少女ミアのものがたり♥

動物探偵ミア

⑬動物探偵ミア
ハッピー×ハッピー大作戦！

小さな島を舞台に、少女ミアが動物探偵になって大かつやく。仲間は犬とオウム、そして4ひきのねこ……!? 力をあわせ問題を解決します。

シンデレラ・バレリーナ
Lira

作/グエナエル・バリュソー
訳/清水玲奈
絵/森野眠子

1 夢のバレエ学校へ！

バレリーナにあこがれる11歳のリラ。パリ・オペラ座バレエ学校に入学することを夢見て、10人にひとりしか受からないというオーディションを受けることになりますが……。はたして夢はかなうのでしょうか？

がんばる女の子のサクセスストーリー！

24年8月新刊発売予定！
シンデレラ・バレリーナ
レッスン後はひみつ！

タイトルやカバーは製作中のものです。

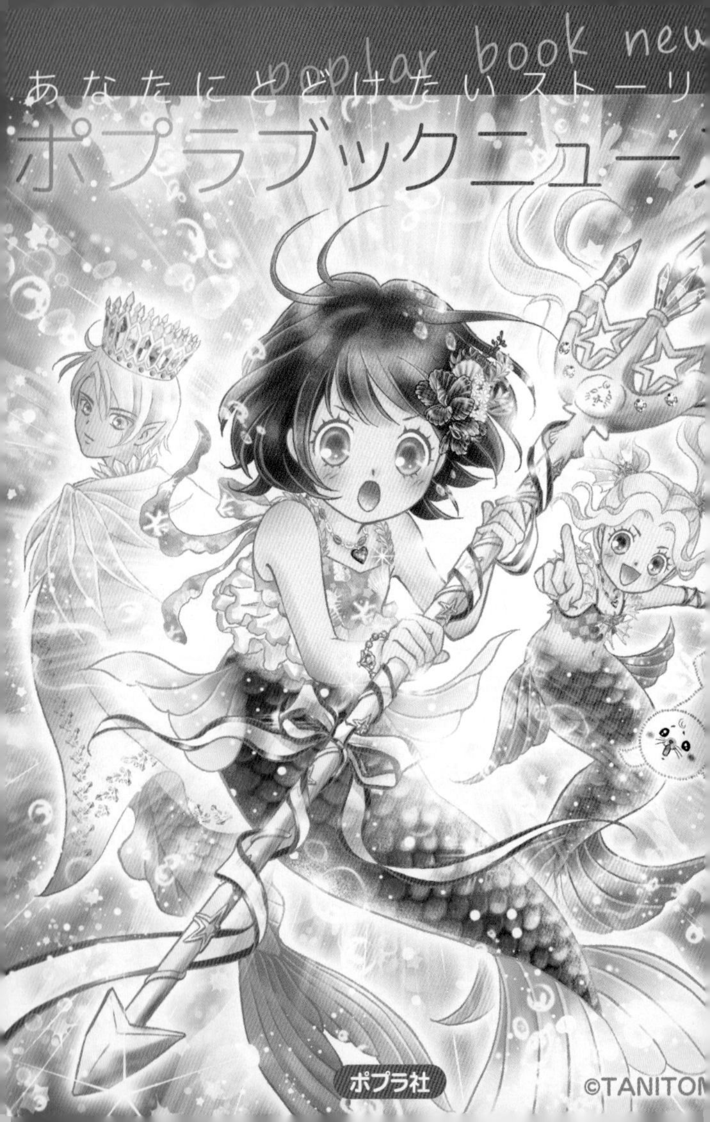
poplar book new
あなたにとどけたいストーリ
ポプラブックニュー
ポプラ社
©TANITOM

エマがふしぎそうにながめていると──。

　ガシュッ！

　とつぜんアイリス先生は穴の天井にやりをつき

さしました。とたんに──。

　バラバラバラッ……！

　岩がいきおいよくくずれおち、穴の入り口をふ

さぎます。

「よし、これでシャチはここからでてこられない。

任務、完了！」

　はれやかな笑顔を見せたアイリス先生のもとに、

生徒たちがあつまります。

「先生、すごかったです！」

「わたしたち、感動しました！」

　生徒たちからつぎつぎと感激の声があがるなか、

エマだけはうかない表情で岩山を見つめていました。

「シャチはもう外にでられないんですか……？」

エマが不安げにたずねると、アイリス先生は首を横にふりました。

「いや。じつはあの穴は長いトンネルの入り口なんだ。トン・ネール山の反対がわに、べつの海へつづく出口がある。シャチはそこからでられる。ひとまず街から遠ざけただけだ。心配ない」

なるほど、それならよかった！

アイリス先生の話をきき、エマもようやくみんなとよろこびをわかちあえました。

「チュッキュー！」

「パルルー！」

コロンとスマイリーもひれをパチパチたたき、
よろこんでいます。
　こうふんがさめやらぬ中、アイリス先生は笛を
ふき、きりっと表情をひきしめました。
「では、街へもどろう。きみたちのミッションは
まだおわってないからな」
「「「はい！」」」

　エマたちが花壇での作業をおえると、こんどは
チームにわかれ、街はずれのコンブー谷をパト
ロールすることになりました。ひょっとしたら、
嵐のせいで、さっきのシャチのほかにもあやしい
生き物や危険が近づいているかもしれません。
　岩かべにはさまれた谷あいは、どんよりとして

いて、きみょうな形のコンブがうっそうとおいしげっています。

「うわ、なんかここ、きみわる～い」

リリーが顔をひきつらせます。

エマはおなじチームのコロン、リリー、スマイリーとひっつきあって、くらい道をすすみます。

パトロールのあいだも、エマの頭になんどもシャチのすがたがうかびました。

あのシャチ、だいじょうぶかな。とてもだいじなものをさがしてるように見えたけど……。

するととつぜん、すこし先のしげみから、あやしい物音がきこえてきました。

ゴドンッ！　ゴドン……！

「い、いまの、なに？」

声をふるわせるエマに、リリーも青ざめた顔で
かえします。
「なんだろう？　まっ、まさか……さっきのシャ
チがもどってきたとか!?」
　あの子、やっぱりなにかにこまっていたのかな。
だったら、だれかがたすけないと！
　エマは大きく息をすいこみ、口をひらきます。
「よし、たしかめにいこう」
「えっ、エマ、ほんとにいくの!?」
　うろたえるリリーの手をにぎり、エマはゆっく
りと泳ぎだします。
　ゴソッ、ガサッ……！
　しげみからあやしい物音がするたびに、エマた
ちはびくっと首をすくめます。

コロンはエマにしがみつき、スマイリーはリリーの腕の中でぶるぶるとふるえています。

　こわいけど、勇気をださなきゃ！

　エマがおそるおそる、コンブのしげみのおくをのぞいてみると——。

「えっ!?」

　目にうつったのは、すきとおるような白い肌に、アイスブルーのひとみ。そこにいたのは——。

「「ショーン王子！」」

　きんちょうがとけ、エマとリリーはその場にへにゃへにゃとへたりこみました。

「びっ、びっくりしたぁ……」

　エマが息をととのえていると、ショーン王子のうしろから、ペットのシロイルカ、バブルが顔を

だしました。

「ピュキュ?」

　大きなひとみで、エマた
ちをふしぎそうに見つめて
います。

「ショーン王子たち、ここ
でなにしてるんですか?」

　リリーがしせいを正してたずねると、ショーン
王子が声をつまらせました。

「あ、いや……」

　そして、視線をさまよわせると、こちらを見る
こともなくこたえます。

「シャチがあらわれたときいたから……きみたち
がぶじか気になった。それだけだ」

えっ……？　そんな理由でここに⁉

　エマは眉をひそめます。いっしゅん、ショーン王子のひとみがかげったように見えました。

　けれどリリーは気にとめることなく、明るい声でかえします。

「きゃあ～、うれしいっ！　あたしたちをシャチから守りにきてくれたんですね、カンゲキ！」

　そして、にやにやしながら、小声でエマにいいました。

「よかったね、エマ！
ショーン王子が心配して
くれて～」

「ちょっと、リリー！」

　エマはほおをまっ赤に

して、口をとがらせます。

　この会話、ショーン王子にきかれてないよね!?

　エマが気になるのは、それだけではありません。先ほどのぎこちないショーン王子の態度は、まるでかくしごとをしているかのようでした。

　そう思うと、エマの心がざわざわしはじめます。

　いったい、なにをかくしてるの？　こんなに近くにいるのに、ショーン王子がとても遠くにいるみたい……。

　そんなエマのとまどいをよそに、リリーがぴかぴかの笑顔でエマとショーン王子の腕をとります。

「仲間がふえて、心強いですっ！　じゃあ、はりきってパトロールしましょー！」

　エマとリリーは、ショーン王子といっしょに泳

ぎだしました。すると――。

「ねえ、あれ見て！」

　エマは頭上に目をむけ、顔をひきつらせました。とつぜん、黒い小さな影がぬうっとあらわれたのです。

　エマはいそいでリリーとショーン王子をしげみにひきもどします。

　おそるおそる、その黒い影に目をこらすと、エマははっとしました。

「……わたし、わかったかも！　さっきのシャチは『この子』をさがしてたんだ……！」

「あなた……シャチの赤ちゃんでしょう？」

　小さな黒い背びれに、白いお腹。エマたちの目の前の影は、心細そうに、あたりをきょろきょろと見てまわっています。

　エマが赤ちゃんに近づこうとすると——。

「タル……！」

　赤ちゃんはびくっと身をすくめ、すぐにエマたちのまえから泳ぎさってしまいました。

「見うしなっちゃったね……」

　リリーがぼそっというと、エマは考えこみました。ゴールド広場で見たシャチも、さっきの赤ちゃんシャチも、おちつかないようすで、まるでなに

かをさがしているようでした。

　エマは、みんなにむきなおります。

「ねえ、わたしたちがはじめに見たシャチは、あの子のお母さんなんじゃないかな？」

「エマ、するどい！」

　リリーはパチンと指を鳴らしました。

　と、そこへ──。

「だれがお母さんだって？」

　声がしたほうに目をむけると、ルークとフレンドリーのすがたがありました。

　ふたりとも、どことなくそわそわとしています。

「あれ？　ケンはいっしょじゃないの？」

　エマが目をまるくして、たずねました。たしか、ルークとケンは、おなじチームだったはずです。

買った本のタイトル

質問1 この本を何でお知りになりましたか?（複数回答可）

□ 書店　□ ネット書店　□ 図書館　□ SNS(　　　　　　　　　　)
□ 新聞(　　　　　　　　　　　　　　) □ 雑誌(　　　　　　　　　　)
□ 人にすすめられたから　□ ポプラ社のHP・note等
□ その他(　　　　　　　　　　　　　　　　　　　　　　　　　　)

質問2 この本を買った理由を教えてください

質問3 最近ハマったものを教えてください(本、マンガ、YouTube、テレビなどなんでも)

● 感想やイラストを自由にお書きください

ご協力ありがとうございました。

郵 便 は が き

〒141-8210

切手を
貼って
ください

東京都品川区西五反田3-5-8
（株）ポプラ社 児童書編集 行

本を読んだ方	お名前	フリガナ		
		姓	名	
	お誕生日	西暦　　　年　　　月　　　日	性別	

おうちの方	お名前	フリガナ		
		姓	名	
	読んだ方とのご関係		年齢　　　歳	
	ご住所	〒　　-		
	E-mail	@		

新刊案内等ポプラ社の最新情報をメールで配信！

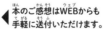

本のご感想はWEBからも
手軽に送付いただけます。

ポプラ社からのお手紙・メール等
すべて不要な方はチェックください

案内不要 □

※ご記入いただいた個人情報は、刊行物・イベントなどのご案内のほか、お客さまサービスの向上や
マーケティングのために個人を特定しない統計情報の形で利用させていただきます。
※ポプラ社の個人情報の取扱については、ポプラ社ホームページ（www.poplar.co.jp）内
プライバシーポリシーをご確認ください。

20240

「あいつは、とつぜん、おれたちをおいてにげてったよ。『黒い影がくる〜』っていいながらね」

ルークはうんざりした顔でこたえました。

フレンドリーはケンの名前がでるだけで、腹がたつようです。

「え〜！　ケン、いくじなし〜！」

リリーはあきれ、ショーン王子は顔をしかめました。ルークは肩をすくめ、つづけます。

「ほんと、まいったよ。正直、おれたちだけだと、ちょっと心細かったんだけど、みんなと合流でき

てよかったよ」

　にかっとわらったルークに、リリーも笑みをか
えします。

「さっき、ちょうどショーン王子とバブルとも合
流したんだ。ルークとフレンドリーもいてくれた
ら、ますます心強いよ〜！　ねっ、エマ？」

「う、うん……。そうだね」

　あいづちをうちながらも、エマはシャチの赤
ちゃんのことがずっと気になっていました。

　もしかしたらケンも、おなじシャチの赤ちゃん
を見たのかな？　あの子、お母さんとはぐれて、
ひとりぼっちなのかもしれない……。

　エマがぐるぐる考えているあいだ、リリーは
ルークとフレンドリーに、シャチの赤ちゃんのこ

とを伝えました。そして、ひとさし指をたて、みんなに提案します。

「またどこでシャチの子に会うかわからないし、だれがどこ見るかちゃんと決めて、パトロールしたほうがいいと思うっ！」

「たしかにそうだな。きょう見たシー・ガーディアンのチームワーク、おれたちも見ならおう」

ルークがこぶしをかためると、リリーがはりきっていいました。

「じゃあ、エマとあたしはまえ、ルークとショーン王子は左右とうしろね！　よし、パトロール、開始ー！」

みんなはしんけんな顔つきで泳ぎだします。まえへまえへとすすむにつれ、道はけわしくなって

きます。

　ちょっとこわいけど、これもはじめてのミッションのうち。しっかりやらなくちゃ！

　エマは気もちをふるいたたせ、パトロールをつづけます。

　コンブー谷の上を泳ぎすすめると、エマはみんなと砂煙につつまれた海底を見おろしました。

　ほんとに、すごい嵐だったんだな……。

　海底にはまだごみがたくさんおちているし、なぎたおされた海草もたくさん見えます。

「これでパトロールは完了だな。おれたちの手で、ぜったいに、もとのきれいな王国にもどそう」

　いきごむルークに、みんなは強くうなずきます。

　するととつぜん、行く手の岩かげから、かよわ

い声がきこえてきました。

「タ……ル……タルルゥ…………」

　ききおぼえのある声に、エマははっとします。

「きっとシャチの赤ちゃんだ！　みんな、いって
みよう！」

　エマが泳ぎだそうとすると──。

「ちょっと、エマ！」

　リリーがエマの手をつかみました。

「むやみに近づかないほうがいいと思う。シャチ
には近づくなっていわれてるし、まずはアイリス
先生にいいにいこうよ」

「そうだな。不吉な言い伝えもあるらしいし」

　ルークもしんけんな顔でかえします。

「でも、あの子はまいごだよ。きっと心細いはず。

わたしたちは、お母さんの居場所を知ってるし、たすけてあげようよ！」

　エマがうったえると、みんなは顔を見あわせ、だまりこみました。

　重いふんいきがただようなか、ショーン王子がゆっくりと口をひらきます。

「エマの気もちはよくわかる。けれど、相手はシャチだ。しんちょうに考えたほうがいい」

　うつむいていたリリーがつぶやきました。

「ふだんはタイダル王国にいないシャチが一度に二頭も……。とんでもない災いの予感……」

「言い伝えを信じるの？　かわいい赤ちゃんだよ」

　エマが必死にうったえると、みんなはまた、だまりこみました。

そしてルークが息をつき、頭をかかえます。

「こまったな……。たすけたい気もちはあるけど、シャチが嵐をよんだとも考えられるし……」

　すると、リリーがキャミソールのすそをぎゅっとつかみ、話しはじめました。

「じつはあたし、パパとママの話を思いだしたの。まえにシャチがあらわれた年には、国中の花がかれたり、食べ物がなくなったり、たいへんなことがつづいたんだって」

　エマはしゅんとうつむきます。

　リリーたちがここまでためらうなんて……。

　しかし、リリーたちの意見をむしすることはできません。

　ここはタイダル王国なんだし、人魚のみんなの

考えにしたがうのが、いいのかもしれない。

　エマの心がゆれた、そのとき――。

「タルゥ……タルルゥ……！」

　岩かげからさっきのシャチの赤ちゃんが顔をの

ぞかせました。そのひとみには、なみだがうっす

らとうかんでいます。

　心細そうなシャチの赤ちゃんを見て、エマの胸

がしめつけられました。

「わたし、やっぱりあの子をほっとけない！　い

まここをはなれたら、あの子を見うしなって、も

うたすけられないかもしれないよ」

　エマのことばに、リリー、ルーク、ショーン王

子ははっと目をみひらきます。

「タルゥ……、タルールゥ……」

シャチは声をからしながら、あたりをさまよっています。どこへいけばいいかわからず、とほうにくれているようです。

「あの子をお母さんに会わせてあげなきゃ！」

「エマ、まって！」

　リリーがとめるのもふりはらい、エマはシャチの赤ちゃんのもとへ泳ぎだしました。

「エマー！　ちょっとまって！」

　リリーはエマにおいつき、エマの手をつかみました。

「エマの気もちはわかった。あたしも協力する。ただ、どうやってシャチの赤ちゃんをお母さんのところへつれていくか、まずはみんなで考えよう」

　ルークとショーン王子もふたりにおいつき、うなずきます。

「さいごにシャチの母さんを見たのは、トン・ネール山だよな？　まだあのトンネルの中かな？」

　ルークがあごに手をあてつぶやくと、エマは力をこめて、いいました。

「ひとまず、あの子とトン・ネール山へいってみよう」

「ただ、シャチの母親はきゅうにトンネルの入り口をふさがれたんだろう？　とじこめられたと思って、おこっているかもしれないな」

ショーン王子のことばに、リリーはいっしゅんはっとしましたが、元気にかえします。

「まっ、とにかく気をつけましょー！」

全員の心がひとつになり、エマの気もちがすこしだけ明るくなりました。

ただ、だいじな問題がまだのこっています。

「あとは……どうやってあの子をトン・ネール山につれてく？」

リリーがたずねると、みんなは考えこみました。

そのあいだも、よわよわしいシャチの赤ちゃん
の鳴き声がきこえてきます。
　エマは意をけっし、顔をあげました。
「じゃあ、こうしたらどうかな？」
　エマはショーン王子に目をむけます。
「まず、ショーン王子とバブルには、すこし先を
泳いでもらって、シャチのまわりにだれもこない
よう、みはってもらうんです」
「わかった。エマはどうするの？」

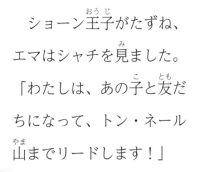

　ショーン王子がたずね、
エマはシャチを見ました。
「わたしは、あの子と友だ
ちになって、トン・ネール
山までリードします！」

コロンをパートナーにむか

えたときも、はじめはたいへ

んだった。だけど……！

「心をこめてせっしたら、

シャチともぜったい仲よくなれる！」

　エマは自分にいいきかせてから、リリーとルー

クにむきなおります。

「ふたりは、わたしがシャチをリードしているあ

いだ、シャチの左右についてくれる？　シャチが

ちゃんとついてくるよう、みはってほしいの」

「オッケー！　まかせて！」

「ついでにボディーガード

にもなってやるよ！」

みんなの役割がきまると、エマはシャチにそおっと近づき、ゆっくりと目をあわせました。

　アイリス先生みたいにうまくできるかわからないけど……まずはやってみなきゃ！

　エマは小さく息をすい、やさしくシャチに話しかけます。

「こんにちは。わたし、エマ……！」

「タル……!?」

　シャチはびくっと体をふるわせ、エマをけげんそうに見つめます。するどいきばに、おもわずあとずさりしたエマですが、ひるまず、やさしく話しつづけます。

「わたし、あなたのお母さんを見かけたの。案内するから、いっしょにいってみない？」

「タル……」

　身をすくめるシャチに、エマは根気強く話しかけます。

「だいじょうぶ。こわがらないで、ついてきて！」

　エマはシャチのお母さんの泳ぎかたをまねし、身ぶり手ぶりで伝えます。そのすがたをみんなはハラハラしながら見守っています。

　おねがい、わたしを信じて……！

　はじめはエマを警戒していたシャチですが、だんだんと表情がやわらいできました。

「タル、タルル……？」

　ちょっとだけ、心をひらいてくれたかも……！

　そして、ようやくエマの意図がわかったのか、シャチの子がうれしそうに声をあげました。

「タルタルゥッ！」

　きっと「ママ！」と
いっているのでしょう。

　シャチの子は、尾び
れをひるがえし、エマ
のあとを泳ぎだします。

　よかった……！

　リリーとルークは、
小さくガッツポーズ。

　ショーン王子も、コロンたちと笑みをかわします。

　つぎは、お母さんを見つけないと！

　エマはシャチの子をつれて、みんなとトン・
ネール山へむかいました。

ようやくトン・ネール山が見えてきました。

　アイリス先生は、トンネルの出口は入り口の反対がわにあるといっていました。そちらへむかって泳いでいくと、うすぐらく、ぶきみなふんいきがただよってきます。

　さっき、きたときよりも、こわいな……。

　エマはごくりとつばをのみこみ、ゆっくりと山をのぼります。

　シャチのお母さん、見つかるかな……。

　ただ、もしシャチのお母さんがいたとしても、おこっているかもしれません。それに、エマたちがシャチの赤ちゃんといっしょにいるところを見たら、どう思うでしょう。

　ゆうかいしたと思われたら、たいへん！

「タル、タル……」

　心配ごとはつきませんが、不安そうなシャチの子の声をきき、エマは気もちをふるいたたせます。

　だいじょうぶ！　きっとうまくいく！

　エマはうしろをむいて、シャチにやさしくわらいかけます。

「安心して、わたしたちがかならずお母さんに会わせてあげるからね」

「タル……！」

　エマがまえにむきなおった、そのときです。

「グリュリュリュウウ──ッ！」

　とつぜん、シャチのお母さんがエマの目にとびこんできました。するどい歯をぎらつかせ、大きな口をひらいてこちらへせまってきます。

ひゃあーっ！　めちゃくちゃおこってるー！

「エマー！　にげてー！」

　リリーの声がひびきます。

　とっさにエマはシャチの赤ちゃんをまえにだしました。

　お母さんがはっと息をのみ──、おそろしい野獣のようだった表情がみるまにやわらかくなっていきます。そしてうれしなみだをうかべ、お母さんはシャチの赤ちゃんのもとへむかいました。

「リュリュリュー！」

「タルルー！」

　だきあう親子を見て、エマはこわさもわすれ、胸が熱くなりました。

よかった……！　ほんとに、よかった！

　ルーク、リリー、ショーン王子もほほえみをう
かべ、アニマル・パートナーたちもシャチの親子
にあたたかいまなざしをむけています。

「はじめは、シャチのことこわかったけど、こう
して見ると、かわいいな」

　ルークはしみじみといいました。

「そうだね！　あっ、せっかくだから、シャチの
親子にあだなをつけたら、どうかなあ？」

　リリーの提案に、エマは目をかがやかせます。

「いいね！　赤ちゃんのほうは、鳴き声にちなん
で、タルールとかどう？」

「じゃあ、シャチの母親はリュリュさん……かな」

　ショーン王子の案に、みんなは笑顔でうなずき

ます。

　シャチのあだなでもりあがるエマたちに、リュ
リュ母さんはにっこりしました。エマたちがここ
までタルールをつれてきてくれたことを、わかっ
てくれたようです。

　みんなでしあわせのよいんにひたっていると、
ルークが口をひらきました。

「じゃあ、パトロールもおわったことだし、おれ
たちも街にもどろう」

　ルークが泳ぎだそうとすると、エマは「まっ
て！」と声をかけました。

「このままだと、シャチたちがまた街にまよいこ
んじゃうかも。なわばりの海の近くまで案内でき
ないかな？」

「そうだね。ここは山頂が近いし、海面もすぐそこだ。はやくはなれないと──」

　ショーン王子が話していた、そのとき──。

　バシャシャシャシャ──ッ！

　とつぜん海面から大量の泡がおしよせ、ごう音がきこえてきました。

　グウォ────ン、ブルルル…………！

「きゃああー！　いったい、どういうこと──!?」

　はげしくうずまく泡の中でエマは目をこらします。いきおいよく回転するプロペラに、巨大な鉄の塊。エマははっと息をのみます。

　あれは……船！

　と、つぎのしゅんかん──。

「リュウウウーッ！」

「タルルーッ！」

　とつぜんのことにおどろいたシャチの親子が、その場からいそいで泳ぎだしました。その先に目をむけると──。

「まずい！　あっちは街だ！」

　ルークの声がひびきます。

「だめー！　そっちにいっちゃー！」

　エマは必死でよびとめます。

　けれどシャチたちは猛スピードで、街があるほうへ泳いでいってしまいました。

エマは尾びれを強くふって、シャチの親子をおいかけます。リリー、ルーク、ショーン王子もつづきます。

街にシャチがあらわれたら、みんな大パニックだよ！

シャチたちがむかう先には、そびえたつオーロラ城が見えます。

あのままオーロラ城に入ったら、まずい！

エマたちはスピードをあげますが、シャチの親子にはおいつけません。

「リュリュリュゥゥ————ッ！！」

「タルウゥ——！」

シャチたちは猛スピードでオーロラ城の城壁を
こえていきました。
　とたんに悲鳴があがり、大勢の人魚たちがあた
りをにげまわります。
　ひゃあ……！　たいへんなことになっちゃっ
た！
　エマが青ざめたまま、かたまっていると、にげ
まどう人魚たちのあいだをぬって、けわしい顔の
アイリス先生がやってきました。そばには深刻な
顔のジャバーと、不安そうな訓練生たちもいます。
「まさかこれは……きみたちのしわざなのか？」
　アイリス先生は、エマ、リリー、ルークにむかっ
て、するどい視線をむけました。
　エマはなみだを目にうかべ、おそるおそる口を

ひらきます。

「あ、あの、わたしたち、まいごのシャチをお母さんに会わせたくて……」

「シャチに近づくなと、あれだけいっただろう！」

　と、つぎのしゅんかん──。

「タルルウ──ッ！」

「リュリュウ──ッ！」

　シャチの親子があけはなたれた正面とびらからオーロラ城に入ってしまいました。

「まずい、これはかなりまずいぞ……！　ひとまず、わたしがいくしか……」

　アイリス先生は、やりをにぎりしめます。

　あせったようすの人魚たちが、オーロラ城から外へでてきました。シオン王とクララ王妃、マリー

　姫もひとまずぶじのようです。

「アイリス先生、おれたちでどうにか──」

　ルークが身をのりだすと、アイリス先生はぴ

しゃりといいました。

「もう、なにもやらなくていい！　きみたち三人

は、これ以上よけいなことをするな！」

　しゅんとするエマ、リリー、ルークを見て、

ショーン王子がアイリス先生にいいました。

「先生、これはアクシデントで、エマたちのせい

ではありません。かれらはシャチをたすけたかっただけなんです」

　さすがのアイリス先生もショーン王子の話には耳をかたむけました。けれど、けわしい顔つきのまま、エマたちにむきなおります。

「どんな事情があろうとも、きみたちは王国を危険にさらした。騒動をまねいた罰として、わたしが許可するまでしばらく、スクールの活動からはずれてもらう」

「じゃあ、シャチは……」

　エマがたずねると、アイリス先生がきっぱりといいました。

「ここは、わたしが責任をもってみはっておく。きみたちは家にかえって、反省するように！」

「「「……はい」」」

　エマ、リリー、ルークはばつが悪そうに返事を
し、アイリス先生のまえから泳ぎさりました。

　わたしのせいで、リリーやルークまで……。こ
んなんじゃ、訓練生失格だよ……。

　エマはくらい気もちをひきずったまま、タイダ
ル王国から家にもどり、夕食の席につきました。

「エマ、リンのようすはどうだった？」

　ママに話しかけられ、ぼんやりしていたエマは
はっとわれにかえります。

「だいじょうぶそうだった。ただ、タートル号が
こわれて、修理しなきゃいけないって……」

　そして、しずかに外をながめていると、キッチ

ンからきみょうなにおいがただよってきました。

「ジャンジャジャーン！　パパの特製スープができあがりました！　名づけて、〈ねぎとラズベリーのどろりん☆クリームスープ〉でーす！」

　パパがぴかぴかの笑顔で、赤と緑の具がうかぶ、にごったスープをもってきました。

「お客さんにだすまえに、ためしにつくってみたんだ。ぜひ、食べて感想をきかせてくれ」

　ママはスープのにおいをかいで、苦わらいをうかべます。

「パパ、クリームにラズベリーとねぎって、ずいぶんかわった組みあわせじゃない……？」

「そう！　新しいだろう〜！」

　パパはとくいげに胸をはります。

ママはおそるおそるスープを口にしましたが、すぐにむせてしまいました。

「う〜ん、ちょっとくせがあるわね……」

　このスープは、お客さんにはだせなそうです。

　一方、エマはきょうのことばかり考えていたので、自分でも気づかぬうちに、スープをのみおえていました。

「えー!?　パパのスープ、のみきったの!?」

おどろいたルイスが声をあげても、エマはうわのそらです。

　ママが心配そうに声をかけました。

「エマ、だいじょうぶ？　元気ないみたいだけど」

　エマははっとして、笑顔をつくります。

「そ、そんなことないよ！　きのうの嵐で、すこし寝不足なだけ。きょうははやくねるね」

　そしてエマは食事をおえると、いつもよりはやく自分の部屋へもどり、ベッドに入りました。

　でも、なかなかねつけません。

　いまごろオーロラ城ではさわぎが大きくなってるかも。タルールとリュリュさん、どうしてるかなあ……？

　なんどもねがえりをうったあと、エマはベッド

からでて、窓の外に目をむけました。

　アイリス先生にはがっかりされちゃったし、あしたからどうしよう……。

　墨のようにまっくらな海のむこうには、電灯にてらされた港がぼんやりと見えます。その近くには大きな船がとめてありました。

　あれはたしか、観光船……！

　さいきん、このあたりをあの観光船がけたたましいエンジン音を鳴らして、いききしているのをよく見かけます。

　と、そのとき、トン・ネール山の近くできいた大きな音と、あの観光船のエンジン音がエマの頭の中でかさなりました。

　ひょっとしたら、あの観光船がとおるルートは、

トン・ネール山の真上なのかも……！

　あんなに大きい船が近くをとおったら、シャチがパニックになってしまったのもわかります。

　そこでエマははっとしました。

　もし、船のルートをよこぎらないと、シャチたちは自分たちの海にかえれないとしたら？　シャチたちがタイダル王国にとどまってたのは、たがいにさがしあってたのもあるけど、船がこわくて身動きがとれずにいたのかも！

　エマの中で、だんだんとなぞがとけていきます。

　となると、シャチたちが安心してかえるためには、観光船がとおらない時間帯をねらうしかないよね……。

　とたんに、エマはひらめきました。

いまなら船もとまってる……！

エマはいきおいよくたちあがり、部屋をでようとしました。けれどすぐに思いとどまります。

こんな夜に家をでたら、ママとパパに心配かけちゃう。それにバレたら外出禁止、あしたの花火にもいかせてもらえなくなる……。

窓辺にもどり、息をついたそのとき、エマは「あっ！」と声をだしました。たしかあすは花火大会にそなえ、午後から夜までのあいだは、船のいききが禁止されているのです。

港がとじているあいだなら、タルールとリュリュさんも安心しておうちへもどれるはず！

エマの心がぱあっと明るくなりました。

ひとまずあした、リリーに会って話さなきゃ！

よく日、エマはバニラ・ビーチでコロンと合流
したあと、人魚に変身し、タイダル王国へむかい
ました。

　いまごろみんなやシャチたちはどうしてるだろ
う？　アイリス先生、まだおこってるかな？

　ぐるぐる考えながら、エマはいつものルートを
つきすすみます。いそぐあまり、まわりの景色も
目に入りません。

「チュキュチュ……？」

「あっ、ごめん、ごめん！　コロンを心配させ
ちゃったね」

　すべるようにレインボー・ガーデンまで泳いで

いくと、リリーとスマイリーのすがたがありました。

「おはよう、リリー！　きいて！　シャチのことなんだけど、いい方法を思いついたの！」

「なになに？　どんな方法？」

　身をのりだすリリーに、エマは息をきらしながら、ゆうべ考えたことを説明します。

「きょうの午後、サマー・ベイの港がとじるの。そのあいだなら、船もとおらないし、シャチたちも安心してうちへかえれると思うよ」

　エマがリリーたちに話していると、とつぜんうしろから、りんとした声がしました。

「きみたち、なんの話？」

　ふりむくと、そこにいたのはショーン王子です。

わあ……きょうもかっこいい！

　おもわず見とれそうになるのをこらえ、エマはショーン王子にもシャチの親子をたすける計画を伝えました。

「いいね。ただ、エマが観光船や花火大会のことにくわしかったら、あやしまれないかな？」

　エマの正体を知るショーン王子が、冷静な口調でいいました。エマははっとわれにかえります。ショーン王子のいうとおりです。

「うーん……たしかに！　エマが人間だって、かんづかれるかもね〜！」

　リリーがあごに手をあてると、ショーン王子がおちついた声で提案しました。

「それなら、ぼくが仲よしのカモメにきいたこと

にしたらどうだろう？　そしたら、だれにもあや
しまれないよ」

「うん！　それなら、うまくいきそう！」

　リリーがぴょんととびはねます。

　ふたりの反応を見ていると、エマも計画がうま
くいくような気がしてきます。

「じゃあ、ルークとフレンドリーもさそって、み
んなでアイリス先生に話しにいこう！」

　エマは声をはずませ、先頭をきって泳ぎだしま
した。

　エマたちはルークとフレンドリーをさそったあ
と、オーロラ城へむかいました。城の敷地は不安
そうな人魚たちであふれかえっています。

あけはなたれた城の正面
とびらのまえには、アイリ
ス先生とジャバーがたちふ
さがっていました。
「きみたち、こんなところ
で、なにをしてる？　ここ
は立ち入り禁止だ！」
　エマたちに気づいたアイリス先生が、きびしい
声でいいました。おもわずあとずさりしたエマに
かわって、ルークがまえにすすみでます。
「アイリス先生、エマとリリーがシャチをたすけ
る方法を考えたんです。きいてもらえませんか？」
　けれどアイリス先生は口をむすんだまま、気む
ずかしい顔をしています。

ふいに、エマがとびらのおくの玄関ホールに目をやると、シャチの親子が見えました。リュリュ母さんは思いつめた顔でうろうろし、タルールはあそび相手がいなくて、しょんぼりしています。

　そのすがたを見て、エマも口をひらきました。

「このシャチたちを見すごすなんて、わたしにはできません。こうなってしまったのは、ぜんぶわたしのせいなので……」

　アイリス先生はぴくりと眉をあげました。

「エマ、それはどういう意味だ？」

　するどい視線に、エマは首をすくめます。

「はなればなれのシャチ親子を会わせたのも、うちへかえそうとしたのも、わたしがいいだしたことなんです」

とたんにアイリス先生の顔がけわしくなりました。それを見たリリーが、あわてていいそえます。

「エマはシャチたちを思って、いったんです。あたしもルークも、エマとおなじ気もちです！」

　しかし、アイリス先生の顔はけわしいままです。

　すると、ショーン王子が口をひらきました。

「いまはまずシャチをここから移動させることを優先したほうがいいのではないでしょうか？」

　そしてショーン王子は、カモメからの情報をもとに、エマとリリーがシャチをたすける計画をたてていることを伝えました。

　ショーン王子から話をききおえると、アイリス先生は、エマたちへの不満をおさえて、かえしました。

「王子の話はわかりました。ではこれから、シャチを移動させようと思います」

　やったあ！　これでタルールとリュリュさんは安心してもとの海へかえれる！

　エマ、リリー、ルークは笑みをかわします。

「だが──」

　アイリス先生は腰に手をあて、三人にきびしい顔をむけました。

「勝手な行動をとったきみたちをこの計画にくわえることはできない。きょうはかえりなさい」

「えっ……、そんな……」

　いっしゅんで、エマの気もちがずんとしずみました。

　せっかくタルールたちの力になれると思ったの

に……。

　エマ、リリー、ルークはくらい顔でオーロラ城のまえから泳ぎだします。すると、シー・ガーディアン・スクールの仲間がやってきました。

　正面とびらのまえにあつまるみんなを、エマはふくざつな気もちで見つめます。

　こんなに近くにいるのに、みんなにまかせるしかできないなんて……。

　くやしさをふりきるように、エマがオーロラ城に背をむけると――。

「信じられない！　いますぐおやめなさい！」

　とつぜんマリー姫のヒステリックな声がオーロラ城の中からきこえてきました。エマがはっとふりかえると――。

「タルル──ン！」

　タルールがマリー姫のティアラを尾びれではじいているのが見えました。

　ティアラをとりかえそうとするマリー姫をシオン王が力ずくでとめています。

「あぶないから、よしなさい！　ティアラはほかにももってるだろう！」

「はなして！　あれは、いちばんのお気にいりなの！　ぜったいゆるしませんわ！」

　マリー姫は手をバタバタさせながら、わめいています。

　とくいげにティアラをはじくタルールを見て、エマがおもわずふきだすと、マリー姫にぎろりとにらまれました。

　わあっ……まずい、まずい……。

　エマは気まずそうに目をそらします。

　と、そのとき、アイリス先生がシオン王のまえにすすみでました。

「おとりこみ中のところ、失礼します。いま、ボイド隊長から連絡が入りました。まだシー・ガーディアンはロッキー・タウンからもどれないそう

です。ですが——」

　アイリス先生はシャチを移動させる計画をシオン王に伝え、きりっと表情をひきしめました。

「陛下、ここはこのわたくしにおまかせいただけないでしょうか？　訓練生とともにシャチをもとの海へもどし、タイダル王国を守ってみせます」

　シオン王は目をとじ、すこし考えたあと、ゆっくりとまぶたをひらきました。

「わかった。きみにまかせよう。ただし、くれぐれも訓練生に危険がおよばぬよう、注意してやってくれ」

「かしこまりました」

　アイリス先生はうやうやしくおじぎをすると、外にあつまっていた訓練生たちをオーロラ城の中

へよびよせました。

「では、いまからシャチをかこんで、ゆっくり外へつれだす」

　訓練生たちはおそるおそるオーロラ城の中へ入っていきます。ところが、訓練生たちは玄関ホールのすみでちぢこまり、だれひとりシャチに近づきません。

「す、すごい迫力……」

　声をふるわせるケンに、マリー姫はティアラをタルールからとりかえすよう、目でうながします。

　ケンはごくりとつばをのみ、顔をひきつらせながらまえにでましたが、リュリュ母さんににらまれ、すぐにひっこんでしまいました。

　みんなのようすを見て、アイリス先生は頭をか

かえます。

「このような訓練は、
まだやったことがない
からな……」

　そこで、アイリス先生がみずからシャチをリードしようとしましたが、きのうのようにはうまくいきません。タルールはティアラに夢中ですし、リュリュ母さんはアイリス先生に心をとざしてしまったようです。

「こまったな……」

　アイリス先生は深くため息をつきました。

　と、そのときです。オーロラ城の外からのぞいているエマ、リリー、ルークがアイリス先生の目にとまりました。

アイリス先生は意をけっし、三人のところへ
やってきました。

「まだきみたちをゆるしてはいないが、いまは緊
急事態だ。きのう、シャチをうまくリードできた
のなら、おなじようにやってみてくれないか？」

「えっ、それって……！」

　エマは目をみひらきます。

「きみたちにも協力してほしい！」

　アイリス先生のことばに、エマの顔がぱあっと
かがやきます。

「もちろんです、やらせてください！」

「かならずシャチたちをすくってみせます！」

　ルークも身をのりだし、目に力をこめました。

　エマ、リリー、ルークはうなずきあい、こぶし

をぎゅっとかためます。

　ただ、ルークは小さな声でいいました。

「きのうとちがって室内だと、万が一、シャチに
おそわれたら逃げ場がないぞ。どうするんだ？」

「むずかしいのは、わかってる。でも、シャチた
ちのために、やってみようよ！　ふたりともなれ
ない場所にきて、きっと不安でいっぱいだよ」

　エマのことばに、ルークはタルールに目をむけ
ました。タルールはティアラを天井まで放りなげ、
たのしそうに声をあげています。

「リュリュさんはともかく、タルールは不安そう
に見えないけどな……」

「まあ、とにかくまずはやってみよ！　わたした
ちなら、できる！」

エマの力強い声に、ルークもうなずきます。

　三人は心をひとつにすると、アニマル・パートナーたちをつれて玄関ホールに入ります。

　そして、きょうはエマがシャチたちのまえへ、リリーとルークはシャチたちをはさむように左右へ、アニマル・パートナーたちはうしろにまわりました。

　準備がととのうと、エマはタルールとリュリュ母さんにやさしく話しかけました。

「わたしたちが、おうちの近くまで案内します」

　エマはシャチたちにふんわりとほほえみ、正面とびらへいざないます。

　ところが、リュリュ母さんは戸口まではついてきてくれたものの、外にでる直前で玄関ホールに

ひきかえしてしまいました。タルールは、ティア
ラに心をうばわれ、エマには見むきもしません。

　どうしよう……。こまったな……。

　エマはシャチたちを見ながら、頭をひねります。
と、そのとき、エマはピンとひらめきました。

　そうだ！　タルールはあそびがすきそうだから
……おにごっこをすれば、外につれだせるかも！

　さっそくエマはアイリス先生に提案します。

「アイリス先生、シャチとおにごっこしながら外
へつれだすのは、どうでしょう？」

　しかし、アイリス先生は納得がいかないようす
です。

「人魚がシャチとおにごっこなど、危険すぎる！」

　けれどエマは必死で説得をつづけます。

「では、人魚ではなく、アニマル・パートナーたちにおねがいしてはどうでしょうか？」

　そして、エマはコロンにむきなおって、たずねました。

「コロン、タルールとおにごっこしてみない？

きっと、たのしいよ」

「チュキュ……？」

　コロンはとまどっていましたが、エマが計画を身ぶり手ぶりで伝えると、小さくうなずきました。

　そしていきおいよくタルールのもとへとんでいきます。

「チュキューッ！」

　コロンはまえびれでタルールをつっつき、おにごっこにさそいます。

「チュキュチュキュ……？」

「タル……？　タルッルー！」

　タルールは大よろこび。目をキラキラさせながら、コロンとおにごっこをはじめました。

　すると、そのようすを見ていた、まわりのアニマル・パートナーたちもつぎつぎとくわわります。

「すごい……！　これは、もしかしたらうまくいくかもしれない！」

　アイリス先生も、タルールやアニマル・パートナーたちのすがたを見て考えがかわったようです。

「よし、きみたちの作戦にかけてみよう！」

「「「ありがとうございます！」」」

　エマ、リリー、ルークは、そろっていきおいよく頭をさげました。

「タルッルー！」

　うれしそうにあそびまわるタルールのすがたをまえに、リュリュ母さんのはりつめていた表情がやわらいでいきます。

　タルールがあそんでいるすきを見て、マリー姫はティアラをとりかえそうとしましたが、シオン

王にまたとめられました。

　フレンドリーからコロン、そしてタルールへ鬼の役がまわってくると、エマは「コロン、外でて！」と、さけびました。

「チュッキュー！」

　とたんにコロンはすべるように泳ぎだし、正面口をつきぬけます。

「タルーッ！」

　タルールも外にでたのを見て、リュリュ母さんははっとします。またタルールとはぐれたらたいへんです。リュリュ母さんが尾びれを大きくひるがえすと──。

　バッシャ───ンッ！！！

　海水がうねったいきおいで、マリー姫のティア

ラは流され──。

パリーンッ！

かべにあたって、粉々になってしまいました。

「あ、あたしのティアラー！」

マリー姫の悲鳴がとどろく中、エマ、リリー、

ルークもシャチをおって外へでます。

　オーロラ城のまえの庭園では、タルールがおに

ごっこに夢中になっていました。ひとだかりも気

にしていません。

リュリュ母さんはタルールをおいかけるのに大いそがし。身をひるがえすたびに、水がうねり、あたりの海藻がゆれうごきます。

　ぶじに外にでられたのはよかったけど……つぎは、シャチたちをここから移動させなきゃ！

　ふいにアイリス先生のそばにいる訓練生たちが、エマの目にとまりました。

「おねがい！　みんなも、力をかして！」

　エマがよびかけると、先ほどまでおびえていた訓練生たちがエマのもとへやってきました。

「ぼくたちも、がんばる！」

「エマの勇気に、心をうたれたよ！」

　仲間のことばに、エマも力がわいてきます。

「ありがとう、みんな！」

そして訓練生たちはエマ、リリー、ルークの指示にしたがい、シャチたちを大きくかこみました。

　よし！　じゅんびは、オッケー！

　すると、アイリス先生がみんなによびかけました。

「では、このままトン・ネール山のほうへ！」

「「「はい！」」」

　シャチの親子に気づかれないよう、エマたちはゆっくりと、しんちょうにシャチを庭園からおいやります。

　じゅんちょう、じゅんちょう！

　みんなの先頭を泳ぎながら、エマは体中に勇気があふれてくるのを感じていました。

　スクールの仲間はシャチと距離をたもちつつ、

シャチがあやまった方向へいかないよう、しっかりブロックしてくれています。

　街からすこしずつはなれていくと、やがてトン・ネール山が見えてきました。

　このあたりが船のとおるルートだ！

　エマはいきおいよく水をかきわけます。

　タルールにかかりっきりだったリュリュ母さんもまわりの景色を見て、うちが近いことに気づいたようです。

「あとすこしだよ！　さいごまで、がんばろう！」

　エマのよびかけに、みんながきりっとした顔でうなずきます。

　まえに観光船を見たところまでくると、ふいにエマの胸がバクバクしてきました。

リュリュさんが船のことを思いだしたらどうしよう。それに万が一、いま船がとおったら……。どうか、わたしたちに災いがおとずれませんように……！

　ひたすらいのっていると、さいわいなにごともなく、山頂をとおりすぎることができました。

　よかった……！

　エマは胸を大きくなでおろします。ところが、ほっとしたのもつかのまのこと。とつぜんエマの目のはしに、エンジェルのアニマル・パートナー、キララのすがたがうつりました。

「トゥッ……。トゥトゥッ……」

　キララはおにごっこにあきてしまい、どこかへふらふらといってしまったのです。すると──。

「タルッ？　タルーン！」

　タルールがくるりとむきをかえ、キララをおい
はじめました。

　だめーっ！　そっちじゃないよー！

　エマがあわててタルールをおいかけます。と、
そのとき――。

「グリュリュウウ――ッ！！！」

　リュリュ母さんがはげしい剣幕でこちらへむ
かってきました。エマの顔がひきつります。

　え――っ！　わたしはタルールをつれもどそう
としただけ！　おねがい、わかってー！

　エマが身をすくめると――。

「グリュウ――ッ！」

　リュリュ母さんはエマの頭上をとおって、タ

ルールのもとへむかいました。

　な、なんだぁ……。わたしじゃなくて、タルールをおいかけてたのか……。

　エマは大きく息をつきます。エマをたすけようとしていたアイリス先生も、ほっとしたようです。

　リュリュ母さんはタルールを胸びれで守りながら、みんなのもとへもどります。そして、すれちがいぎわに、エマにふんわりとわらいかけました。

　わたしがタルールを心配していたこと、ちゃんとわかってもらえたんだ……！

　エマもほほえみかえし、またみんなといっしょに泳ぎだします。船のルートをすぎ、なだらかな丘をこえていくと、きゅうに景色がかわり——。

　わあーっ！　すごい……！

そこに広がっていたのは、さえぎるものがない、見わたすかぎりの青い海。光がオーロラのようにさしこみ、みんなの笑顔をてらします。

　リュリュ母さんは、ようやくいつもの海へもどってこられたのがわかったのでしょう。胸びれを大きくひらき、くるくるとまわっています。

　タルールもアニマル・パートナーたちとうれしそうにハイタッチ。はじける笑顔を見せています。

「チュキュキュ！」

「タルタルーッ！」

　シャチたちのよろこぶすがたを見ていると、エマの胸があたたかくなってきます。

　ほんとによかった……！　こんどこそ、作戦、大せいこう！

　すると、リュリュ母さんはエマたちにゆっくり
とむきなおりました。そのひとみには、真珠のよ
うなうれしなみだがうかんでいます。
「リューリュ、リュリュー！」
　ここまでつれてきてくれたエマたちに、心をこ
めてお礼をいっているようです。
　そして、シャチの親子はゆったりと泳ぎだし、
青い海にすいこまれるようにきえていきました。
　とたんに歓声がはじけ、エマ、リリー、ルーク

のまわりにみんながあつまってきました。

「すごかったよー！」

「大かつやくだったね！」

　訓練生たちが大もりあがりでエマたちをたたえます。と、そこへ――。

「わたしからも、礼をいう！」

　さわやかな声がしたほうに目をむけると、ボイド隊長のすがたが見えました。丘をこえ、シー・ガーディアンをひきいて、こちらへやってきます。ロッキー・タウンでの救助活動をぶじにおえたようです。

「きみたちがシャチをすくい、タイダル王国を守ってくれたそうだね。どうもありがとう！」

　ボイド隊長はそういうと、訓練生ひとりひとり

とあくしゅをかわしました。

「きみたちのような勇かんな訓練生がいて、わたしはとても心強い」

　エマはスクールの仲間と笑みをかわします。みんなとのチームワークがボイド隊長にみとめられて、エマはほこらしい気もちでいっぱいです。ここまでエマたちを信じ、しっかりと見守っていたアイリス先生もやさしいまなざしをむけています。

「よくやった。わたしもきみたちの勇気に感動した」

「「「ありがとうございます！」」」

　エマ、リリー、ルークは手をとりあい、よろこびをかみしめました。

「エマ、きょうは、ずいぶんとごきげんね」

　夕ぐれ時、エマが海ぞいの坂道を歩いていると、ママが話しかけてきました。

「うん！　だって、花火、大すきだもん！」

　そしてエマは心の中でつけくわえます。

　それにタルールとリュリュさんをたすけられたし！

　シャチの親子のよろこぶすがたを思いうかべるだけで、エマの胸があたたかくなってきます。

　エマがにんまりしていると――。

「みんなー！　はやく、はやくー！」

　ルイスが坂道をかけあがって、よんでいます。

パパは、食べ物や飲み物、食器などが入ったか

ごバッグをもちなおして、大きな声でかえします。

「ルイス、まってくれー！」

　パパは汗をぬぐい、息をはきだしました。

「きのう、リンおばさんに荷物をわたしておけば

よかったな。そしたら、タートル号で花火大会の

会場まではこんでもらえたのに」

　リンおばさんは、先にタートル号で花火大会の

会場へいき、場所をとってくれています。

　すると、ルイスがかけおりてきて、パパにむ

かっていいました。

「じゃあ、ぼくがデザート食べて、荷物かるくし

てあげるよ！」

「もう、ルイスったら！」

　ママがくすっとわらいます。

　家族でおしゃべりしながら、道なりに歩いてい

くと、大きな波止場が見えてきました。あそこが、

花火大会の会場です。大勢の人でにぎわう会場か

らは、陽気なブラスバンドの音色やたのしそうな

おしゃべりの声がきこえてきます。

　桟橋の先に、エマはタートル号を見つけました。

こわれていた船体《せんたい》はすっかりもとどおりになって
います。

　すると──。

「みんな、こっちだよー！」

　タートル号《ごう》の甲板《かんぱん》からリンおばさんが手をふり
ました。ルイスは元気《げんき》よくかけだします。

　ルイスにつづいて、エマ、ママ、パパもタート
ル号《ごう》にのりこみました。

　甲板《かんぱん》にはきれいなじゅうたんがしきつめられ、
ふかふかのクッションがおいてあります。手すり
には豆電球《まめでんきゅう》がかけられ、やさしい光《ひかり》をはなってい
ました。

　わあ、すてき！　ここで花火《はなび》を見《み》られるなんて、
さいこうだよ！

エマはじゅうたんの上によこたわり、藍色の夜空を見あげます。ワクワクしながら、花火をまっていると――。

　ヒュ～……ドン！　ドドン！

　夜空一面に花火が広がりました。

「すごーい！　きれい！」

　しずかにまいおちる光が、きらめきながら夜空にすいこまれていきます。

「見てー！　カメの花火！」

　ルイスはカメのしかけ花火を指さします。

「ほんとだ、つぎは……マーメイド！」

　エマも声をはずませました。

　イルカ、シャチ、アザラシと、つぎつぎとしかけ花火がうちあげられます。

ひょっとしたら、海のみんなもこの花火を見てるかも……！

　深い海にひそむ大すきな仲間たちに、エマは思いをはせました。

　よく日、エマはコロンとタイダル王国のレインボー・ガーデンにきました。きょうもここで、リリー、スマイリーとまちあわせしているのです。

　きのう、リリーも花火を見たかきいてみよう！

　と、そこへ、リリーがスマイリーとやってきました。

「おはよう、エマ。きいて！　さっき、スクールのみんながうちにきて、アイリス先生があたしたちもアリーナにくるようにって」

早口で話すリリーに、エマは小首をかしげます。

「え⁉　でも、わたしたち、もうスクールにいっていいの？」

「どういうことかわからないけど、いってみよ！」

　そういって、リリーはエマの手をとり、泳ぎだしました。

　エマたちは砂の小道にそってぐんぐんすすみます。路地をまがり、岩づくりの家がたちならぶ通りをすすんだ先に、巨大な円形の建物が見えてきました。あれが〈スターダム・アリーナ〉、シー・ガーディアン・スクールの練習場です。

　エマが正門をぬけて、細かい砂がしきつめられたグラウンドにでると──。

　こ、これはどういうこと⁉

おうえん席をうめつくす人魚たちが、エマの目にとびこんできました。王族用のとくべつな席にはシオン王とクララ王妃、ふきげんそうなマリー姫、そしてきりりとした表情のショーン王子がいました。グラウンドには、ボイド隊長、アイリス先生、スクールの仲間もいます。

　エマたちに気づいた人魚たちから、大きな歓声があがりました。

　エマとリリーがぼうぜんとしていると、ルークもグラウンドに入ってきました。

「え!?　なにがおきてるんだ!?」

「さあ?　でも、なんかあたしたち、ほめられてるみたーい!」

　にんまりするリリーに、エマもうなずきます。

「わたしも、そう思う！」

　ふいに目があったショーン王子と、エマは笑み
をかわしました。すてきな予感が胸に広がります。

　すると、アイリス先生がピッと笛を鳴らしまし
た。

「訓練生は全員、整列！」

　エマ、リリー、ルークが顔を見あわせていると、
「きみたちもだ」と、みんなとならぶよう、指示
されました。

　訓練生がアニマル・パートナーと横一列になら
ぶと、アイリス先生がきりだしました。

「今回、きみたちは街をきれいにし、パトロール
をし、王国に平和をとりもどした」

　アイリス先生はいっぱくおいて、つづけます。

「そこで、きょうは初ミッションをやりとげたきみたちに、ショーン王子から〈クリスタル・シェル〉がおくられる」

　クリスタル・シェル！　そんなとくべつなものを、ショーン王子からもらえるなんて！

　よろこびの声が、たくさんの訓練生からきこえてきます。

　アイリス先生が目で合図すると、ショーン王子がきらめくマントをひるがえし、エマたちのまえにやってきました。

「みなさんのがんばるすがたに、ぼくは感動しました」

　そしてショーン王子は訓練生ひとりひとりに声をかけ、貝の形をしたアイスブルーのクリスタル

を手わたします。

　エマが自分の番をドキドキしながらまっていると、とうとうショーン王子が目のまえにきました。

「エマならきっと、とくべつなシー・ガーディアンになれる。ぼくはそう信じている」

　ショーン王子はふっとやさしくほほえみ、エマの手にそっとクリスタルをおきました。

「どうも、ありがとうございます……！」

エマはきらめくクリスタルを胸にあて、よろこ
びをかみしめます。

　いろんなことがあったけど、こんなふうにおい
わいしてもらえるなんて……。はじめてのミッ
ション、みんなとがんばれてほんとによかった！

　ショーン王子が全員にクリスタルをわたしおえ
ると、つづいてボイド隊長がまえにでました。い
かめしい顔つきで、肩をぐっとはっています。

「つぎに、わたしから三人の訓練生に伝えたいこ
とがある。エマ、リリー、ルーク、まえへ」

　とつぜんボイド隊長によばれ、エマはびくっと
肩をふるわせます。

　な、なんだろう……!?　まさか、スクールを退
学しなさい、とか!?

エマの明るかった気もちがいっきにしずみ、胸に不安が広がります。

　エマはリリーとルークといっしょに、ゆっくりとまえへすすみでました。

　ボイド隊長は小さく息をすい、きりだします。

「まず、はじめに──」

　ボイド隊長はいっぱくおいて、きびしい顔をむけました。

「これからは、きちんとアイリス先生のいいつけを守ること。そうすれば、きみたちも近い将来、すばらしいシー・ガーディアンになれるはずだ」

　ボイド隊長のことばを心にきざみ、エマたちは力強く返事をします。

「「「はい！」」」

心をふるいたたせるエマたちに、ボイド隊長は
つづけます。
「アイリス先生からきみたちの話をきいた。いい
つけにそむいたのはよくないが、きみたちが中心
になって、シャチをたすけたそうじゃないか」
　ボイド隊長の表情がふっとゆるみました。
「そこで、わたしからもきみたちの勇気をたたえ、
〈英雄リボン〉をさずける」
　ボイド隊長のことばに、エマの顔がぱあっとか
がやきました。
　英雄リボン⁉　それも、みんなのヒーロー、ボ
イド隊長からもらえるなんて！
　エマは、リリー、ルークと笑みをかわします。
そして、コロンをぎゅっとだきよせました。

「コロン、やったね！」

「チュッキュー！」

　ボイド隊長はエマに、やさしいまなざしをむけ、きらめく銀色のリボンを頭にかけました。

「きみの熱意が、みんなの心をひとつにしたらしいね。わたしは、きみをほこりに思う！」

「ありがとうございます」

　エマはボイド隊長とかたいあくしゅをかわすと、あふれそうになるなみだをこらえます。うれしくて、胸がいっぱいです。そしてエマにずっとよりそってくれたコロンに、ささやきました。

「このリボンは、コロンのおかげでもらえたんだよ」

「チュキュッチュ！」

コロンはてれくさそうにわらいます。

　すると、ボイド隊長がコロン、スマイリー、フレンドリーと目をあわせました。

「もちろん、きみたちにもとくべつなものを用意している。きみたちにあげるのは──」

　ボイド隊長のひとみがきらんと光ります。

「〈プレミアム・ワカメクッキー〉だ！」

　ボイド隊長がとりだした、とっておきのワカメクッキーに、アニマル・パートナーたちは目をかがやかせます。

「チュキューン！」

「パルパルーッ！」

「スン……ッ！！」

　ボイド隊長にもらったワカメクッキーを、コロ

ンはだいじそうに食べ、スマイリーは丸のみし、フレンドリーはすました顔でかじりました。

　ふたたび大きな歓声があがり、エマたちははくしゅにつつまれます。

　こんなすてきなしゅんかんがおとずれるなんて、思わなかったよ!

　エマがよろこびにひたっていると、訓練生たちがいっせいにあつまってきました。

「よかったね、エマ!」

「ボイド隊長にほめられるなんて、すごいよ!」

　みんなからつぎつぎと声をかけられ、エマはてれわらいをうかべます。そのようすを、マリー姫はむすっとした顔で見ていました。

　マリー姫の視線に気づいたエンジェルが、エマ

にぼそっと耳うちします。

「シャチの言い伝えは心配だったけど、けっきょく災いがおとずれたのは、マリー姫だけだったね。ティアラ、こわされちゃったし……」

　リリーもこくりとうなずきます。

「気のどくだけど……。でも、シャチはたすけられたし、チームワークも評価された！　あたしたちにとっては、シャチは幸運のシンボルだったのかもね！」

　たしかにリリーのいうとおりです。シャチの親子はたくさんのしあわせな気づきをくれました。エマにはすばらしい仲間がいること。心をひとつにすれば、どんな試練にでもいどめるということ。だれかの役にたてるよろこびも。

タルール、リュリュさん、どうもありがとう！
きょうのことは、一生の宝物だよ！
　すると、アイリス先生が笛を鳴らしました。
「では、これからも未来のシー・ガーディアンを
めざし、がんばってくれ！」
「「「はい！」」」
　エマたちは元気よくかえします。
　大すきな仲間とわらいあうエマに、明るい光が
ふりそそぎました。

エマのみならい日記

○月✕日 はれ ☀

きょうは、はじめて
ほんもののシャチに
会ったの！

はじめはちょっとこわかったけど……
親子の愛は、人間とかわらないね😊
じーんとしちゃったな☆

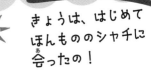

♥リュリュさん♥
心配性で、やさしいママ。
するどいきばにはご用心！

タルー！
(おなかへったよ～)

Mommy

Baby

♥タルール♥
あそぶのが大すき♪
いたずらは
もっとすき！

リユーリユー！
(さあ、めしあがれ)

またいつか会えるときまで、元気でね！

YUMMY

コロンたちの
ごほうびクッキー、
どんな味なんだろう？
人間の世界でも
売ってほしい～！

もぐもぐもぐもぐ

〜イド隊長もかっこよかったな！

Cooool!!

Hi!

強くて速くて、
きびきびしてて……
まさにヒーローって感じ！
リリーがあこがれるのも
わかる☆

MEMO
こんど会ったら、
カニさんの名前をきく！

マーメイド情報局 「マメ★チャン」

@mame*m*mameido:)

やっほ〜、また会えたね！ この番組ではマーメイドの㊙な情報をおとどけしてるよ！ きょうは、シー・ガーディアン・スクールの制服おひろめ……ってホント〜？ ゲストは、エンジェル♪ それでは、レッツスタート☆

じゃじゃじゃーん！ これが、あたしたちの制服案だって！

すごい！ この中からえらぶの？

うん☆
さっそく試着してみよ〜！

😊100M

No.1 オトメちっく♥ガーリー
Style

パフスリーブとベレエ帽で、おじょうさまをきどって。

『長いリボンがとくにすき。
海をスピーディに泳ぐときに目立ちそう♪』
by Angel✦

リボン×フリルは、〈かわいい〉のお手本♡

あっちもいいし、こっちもいい♥
もう、ぜーんぶ採用〜っ!!

リリーったら、
よくばりだなぁ

Point
青と白のギンガムチェックが、レトロキュート！

No.2 フレッシュ★マリン
Style

金の巻貝がキラリと光る、
海兵さんのような制服！

『見て、尾びれみたいなかざりがいっぱい☆
人魚らしくてすてきでしょ？』 by Emma

クリーンな日で、
一日さわやか気分♪

Point
たくさん入る
バッグは、
お仕事に
ぴったり！

ネクタイをしめれば、
きちんと感アップ↗

👍100M

No.3 ピリッと！オーシャンスーツ
Style

知性を秘めたデザインに、
ゆうだいな海を感じて☆

『ジャケット着ると、かしこくなった気分♪
さ、授業の時間ですよ！ なーんて』 by Lily

Point
たてえりも
スカートも、
クールな波・波！

どれもかわいすぎて、えらびきれませんっ！ みんなはどれがすき？
よかったら、お手紙か読者はがきでおしえて〜！ 意見をさんこうに、
今後のおはなしに登場する……かも!? では、またね〜☆

※あて先は、さいごのページにのっています。

作 🐚 ミランダ・ジョーンズ

イギリスのロンドンにすんでいる。海が大すきで、子どものころは夏休みを海辺の
町ですごすのがたのしみだった。じつは有名な作家で、ミランダ・ジョーンズは仮名。
邦訳作品に、「ランプの精　リトル・ジーニー」シリーズ、「ミオととなりのマーメイド」
シリーズ（共にポプラ社）がある。

訳 🐚 浜崎絵梨　はまざき・えり

千葉県生まれ、慶應義塾大学卒業。外資系証券会社勤務を経て『おおきくおお〜き
くなりたいな』（小峰書店）で翻訳家デビュー。訳書に『モーリーのすてきなおいしゃ
さんバッグ』（ひさかたチャイルド）、『おひめさまはねむりたくないけれど』（そう
えん社）、「ミオととなりのマーメイド」シリーズ（ポプラ社）などがある。

絵 🐚 谷 朋　たに・とも

東京都生まれ埼玉県そだちのイラストレーター。挿画作品に「ブラック◆ダイヤモ
ンド」シリーズ（フォア文庫）、「ラブリーキューピッド」シリーズ（小学館）、「プリ
ンセス☆マジック」シリーズ、「ミオととなりのマーメイド」シリーズ、『トキメキ
精霊の名前うらない』『ワクワク　魔女の誕生日うらない』（以上ポプラ社）などが
ある。

エマはみならいマーメイド③

エマはみならいマーメイド
胸さわぎのデビュー戦!?

2024 年　7 月　第 1 刷

作 ☆ ミランダ・ジョーンズ
訳 ☆ 浜崎絵梨
絵 ☆ 谷 朋

発行者 ☆ 加藤裕樹
編　集 ☆ 潮紗也子　長谷川 舞
ブックデザイン ☆ 岡崎加奈子（ポプラ社デザイン室）
発行所 ☆ 株式会社ポプラ社
〒141-8210　東京都品川区西五反田 3-5-8　JR目黒MARCビル12階
ホームページ　www.poplar.co.jp
印刷・製本 ☆ 中央精版印刷株式会社

Japanese text ©Eri Hamazaki 2024　Printed in Japan
N.D.C.933/175P/18cm　ISBN978-4-591-18218-5

みんなのおたよりまってます☆
〒141-8210
東京都品川区西五反田 3-5-8
JR目黒 MARCビル12階
（株）ポプラ社
「エマはみならいマーメイド」係まで

つぎのお話は
2024年12月
発売予定だよ!

落丁・乱丁本はお取り替えいたします。
ホームページ（www.poplar.co.jp）のお問い合わせ一覧よりご連絡ください。

P4175003